네 쌍둥이 데이즈

데이즈

4 숨겨진 동생을 찾아라!

글 히노 히마리 그림 사쿠라 오리코 옮김 정인영

KB182495

을파소

YOTSUGOGURASHI Vol.4

SAIKAI NO YUENCHI

©Himari Hino 2019 ©Oriko Sakura 2019

First published in Japan in 2019 by KADOKAWA CORPORATION,

Tokyo. Korean translation rights arranged with KADOKAWA CORPORATION,

Tokyo through Danny Hong Agency.

🍀 미야비 이치카

네쌍둥이 중 첫째.
상냥하고 야무진 살림꾼.
'이치카'는 '하나(1) + 꽃'이라는
뜻이다.

🌸 미야비 니토리

네쌍둥이 중 둘째.
활기찬 장난꾸러기.
오사카 사투리를 쓴다.
'니토리'는 '둘(2) + 새'라는
뜻이다.

🌸 미야비 미후

네쌍둥이 중 셋째.
성실하고 내성적인 덤벙이.
'미후'는 '셋(3) + 바람'이라는
뜻이다.

🌙 미야비 시즈키

네쌍둥이 중 막내.
말이 없고 얌전한 부끄럼쟁이.
'시즈키'는 '넷(4) + 달'이라는 뜻이다.

노마치 미나토

미후의 같은 반 친구.
사진 찍기를 좋아한다.

오오코치 안

네쌍둥이와 같은
중학교에 다닌다.
동아리는 신문부.

오오코치 나오유키

안의 쌍둥이 남동생.
안과 같은 신문부.

차례

일러두기
문장 부호는 국립 국어원 표기법을 따르되, 큰따옴표 중복 사용 등 몇몇 부분은
작중 연출을 위하여 의도적으로 사용했습니다.

🏠 1 놀이공원에 가자

"드디어 끝났다!"

집으로 돌아가는 길, 나와 똑같이 생긴 아이가 활짝 웃으며 기지개를 켰다. 네쌍둥이 중 둘째 언니 미야비 니토리다. 니토리는 목소리도, 발걸음도 통통 튄다.

"이제야 끝났네……."

그 옆에서 한숨을 쉬는 건 첫째 언니 미야비 이치카. 살짝 걱정스러운 표정이지만 입은 웃고 있다.

"네, 시험 끝이에요."

자신만만한 표정으로 말하는 건 막내, 미야비 시즈키. 안경 너머로 보이는 웃음에 여유가 넘친다.

"응, 겨우 끝났어."

똑같이 생긴 자매들에게 대답하는 나는 셋째 미야비 미후. 뭐가 끝난 거냐고……? 바로 1학기 중간고사!

"중학생이 되고 보는 첫 중간고사라 다들 더 열심히 했지?"

"맞아, 맞아. 좋아하는 프로그램도 안 보고, 휴대폰도 참고."

"다들 고생했으니까 저녁에는 오랜만에 만두라도 만들까?"

"좋아요. 만두소도 만들어서 다 같이 빚어요."

야호! 요즘 공부할 시간을 아끼느라 간단한 음식들만 먹어서 더 신난다. 어른 없이 우리끼리 한집에서 생활하는 건 힘들지만 그만큼 더 자유로운 기분이다. 장마철이라 구름이 드리워져 있는 하늘과 달리, 마음속은 파랗게 갠 느낌이야.

"이제 좀 쉴 수 있겠다."

""응응.""

내 말에 이치카와 시즈키가 고개를 끄덕였다.

"쉬는 것도 좋지만, 어딘가 호로록 놀러 가고 싶어!"

니토리가 양 갈래로 묶은 머리를 흔들며 깡충깡충 뛰었다. 뜀박질에 맞춰 교복 치마가 팔랑거린다.

"호로록 놀러 가다니, 어디로?"

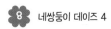

"어디든 좋으니까 호로록 가고 싶어."

"그럼 다 같이 공원으로 놀러 가자!"

"도시락을 싸서 소풍 가도 좋을 것 같아요."

"아니, 그것도 좋지만……. 더 멀리 호로록!"

강가를 따라 걸으며 즐겁게 얘기하고 있는데 뒤에
서 활기찬 남자애 목소리가 들렸다.

"얘들아!"

어? 이 목소리는 혹시……!

걸음을 멈추고 돌아보자, 내가 생각한 바로 그 아이
가 우리를 향해 뛰어왔다.

"미나토!"

해님처럼 밝게 웃는 모습, 살짝 뻗친 머리카락. 나와
같은 반인 노마치 미나토다. 미나토는 우리 네쌍둥이
가 어른 없이 한집에서 살고 있다는 비밀을 알고 있는
유일한 아이다. 얼마 전에야 모두에게 이 사실을 털어
놓았는데, 그때 이치카가 이렇게 말했다.

— 뭐, 미나토라면 괜찮아.

니토리와 시즈키도 고개를 끄덕였다. 그래서인지 요
즘은 미나토가 '평범한 친구 이상'으로 느껴진다. 다른 친구들보다 조금 더 친하고, 조금 더 특별하달까? 미나토는 날 어떻게 생각할지 모르겠지만…….

"어머, 미나토. 무슨 일이야?"

이치카의 질문에 미나토가 대뜸 물었다.

"같이 놀이공원에 가지 않을래?"

""""놀이공원?""""

우리 넷이 동시에 되물었다.

"응, 놀이공원. 레인보우 파크라고 알아?"

미나토가 가방에서 놀이공원 팸플릿을 꺼내 내밀었다. 관람차, 롤러코스터, 귀신의 집, 회전 컵, 회전목마……. 재미있어 보이는 놀이기구가 가득한 곳이구나.

"아! 여기 알아! 광고하는 거 봤어."

니토리의 말에 나도 기억났다.

"나도 이 놀이공원 광고 본 것 같아. 요즘 새 단장을 끝냈다고 했어."

"맞아. 새 단장 기념 초대권을 받았거든. 이번 주 일요일에 같이 가지 않을래?"

미나토가 나를 보고 빙그레 웃었다. 눈이 마주치자 몸이 둥실 떠오르는 기분이다.

니토리가 곧바로 두 팔을 들어 올렸다.

"갈래! 이게 바로 내가 말한 호로록이야! 이치카도, 미후도, 시즈도 같이 갈 거지?"

"으, 응. 나도 가고 싶어!"

나는 냉큼 고개를 끄덕였다. 다 같이 놀이공원이라니 두근거려!

"……."

시즈키도 말없이 조심스럽게 고개를 끄덕였다. 하지만 이치카는 복잡한 표정으로 생각에 잠겼다.

"으음……."

분명히 돈을 걱정하는 거겠지. 이치카는 생활비를 관리하고 있으니까. 우리 네쌍둥이가 아이들끼리 생활할 수 있는 건 중학생 자립 지원 프로그램 참가자기 때문이라 한 달 동안 쓸 수 있는 생활비가 정해져 있다.

"이치카, 시험도 끝났는데 다 같이 호로록 놀러 가자. 미나토, 그 초대권으로는 입장만 할 수 있는 거야?"

"아니, 자유 이용권 포함이야."

"봐, 이치카. 자유 이용권도 포함이래! 놀이기구도 그냥 탈 수 있다니까?"

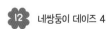

니토리가 이치카를 설득하기 시작했다.

"음…….."

하지만 이치카는 아직도 망설이는 눈치다. 어떻게 해야 이치카의 마음을 움직일 수 있을까?

설득할 구실을 찾으려고 팸플릿을 보다가 눈이 멈췄다. 앗, 이거야!

다 같이 즐기는 도시락 타임!
레인보우 파크 피크닉 코너

"이치카, 이것 봐. 피크닉 코너도 있대. 도시락을 가져가면 밥값도 절약할 수 있으니까 괜찮을 거야. 다 같이 가자."

내 말에 고개를 든 이치카의 입꼬리가 올라갔다.

"그러네……. 좋아. 가자."

""신난다!""

설득 성공! 나와 니토리가 손뼉을 맞부딪쳤다. 시즈키도, 이치카도 방긋 웃었다. 야호! 다 같이 놀이공원에 간다!

"미후네 쌍둥이들은 진짜 알뜰하구나……. 아이들끼리 사는 건 역시 대단해."

마구 떠들고 싶지만 감탄하는 미나토를 보니 살짝 부끄러워졌다…….

"고, 고마워, 미나토. 근데 괜찮겠어? 자유 이용권이 포함된 초대권을 우리가 네 장이나 받아도?"

부끄러움을 얼버무리려고 허둥지둥 묻자, 미나토가 미소 지었다.

"괜찮아. 아빠가 다니는 회사에서 보내 준 초대권이거든. 레인보우 파크 후원 업체 중 하나라서 옛날부터 자주 받았어."

"좋겠다, 감사하다고 전해 드려! 후원 업체 직원은 초대권을 받을 수 있는 줄 몰랐네. 어떤 회사야?"

"음, 팸플릿에 쓰여 있어. 여기, 주식회사 마루야마."

"후원하는 회사들이 많구나. '주식회사 마루야마', '산가쿠 은행', '버츠 증권', '오사카 홀딩스'……."

나는 감탄하면서 팸플릿을 들여다보았다. 다른 아이들 아빠 얘기를 들으면 살짝 궁금해지니까.

"어!?"

그런데 함께 팸플릿을 보던 니토리가 갑자기 큰 소리를 냈다. 그 자리에 있던 모두가 깜짝 놀랐다.

"니토리, 왜 그래?"

"아, 아냐, 아냐. 아무것도 아니야."

미나토가 묻자, 니토리는 쓴웃음을 지으며 손을 빠르게 저었다.

왜 저러지? 아는 회사라도 있나? 신경이 쓰였지만, 미나토가 먼저 말을 꺼냈다.

"참, 초대권을 일곱 장이나 받아서 안과 나오도 부를까 하는데, 괜찮지?"

""응?""

시즈키와 내가 동시에 거의 들리지 않을 만큼 조그맣게 중얼거렸다. 왜냐하면……. 그 이유는…… 복잡하니까 나중에…….

"당연히 괜찮지. 놀이공원은 사람이 많아야 더 즐겁잖아!"

이치카가 설레는 표정으로 대답했다.

"뭐야. 이치카도 사실 가고 싶었구나?"

"누, 누가 가고 싶지 않대? 나도 놀이공원 좋아한단 말이야."

"하하, 다행이다. 나도 기대된다!"

조용해진 나와 시즈키만 빼고 언니들과 미나토는 시끌시끌 들떠 보인다. 그, 그렇구나. 놀이공원은 다 같이 가는 게 더 즐겁지.

잘 생각해 보니, 지금까지 놀이공원에 간 건 초등학

교 소풍 때와 보육원 소풍 때 두 번뿐이다. 그때는 어른들과 함께였지만, 이번에는 아이들끼리만 가는 거야. 그래, 기대될 수밖에.

"나도 너무 설레!"

소리 내어 말하고 나니, 정말 가슴이 두근거리기 시작한다. 나도 참, 단순하다니까.

🏠 2 도시락 만들기

- 일요일.

드디어 다 같이 놀이공원에 가는 날이 왔다! 우리 네쌍둥이는 평소보다 조금 더 일찍 일어나 앞치마를 두르고 부엌에 모였다.

"자, 도시락을 만들어 볼까!"

""""웅!""""

둥근 프라이팬을 휘두르며 척척 요리를 완성하는 이치카와 그 옆에서 사각 프라이팬과 뒤집개를 들고 낑낑대는 나. 평소라면 이치카가 달걀말이도 만들었겠지만, 오늘은 내가 맡게 되었다.

―― 미후는 손이 야무지니 잘할 수 있지 않을까?

이치카가 이 말과 함께 나에게 맡겼기 때문이다.

건너편에서 신나는 표정으로 서 있는 니토리는 주먹밥 담당이다. 불을 쓰는 요리는 가끔 태워서 맡길 수 없지만, 주먹밥이라면 걱정 없다.

설거지와 채소 씻기, 물통에 차를 담는 건 시즈키. 오늘의 도우미이자 예쁘게 담기 담당이다.

"미후, 불이 너무 세. 달걀이 너무 익으면 예쁘게 말기 힘들어."

"앗, 그렇구나."

아스파라거스와 베이컨을 볶으며 말하는 이치카를 따라 나는 정신 없이 손을 움직였다. 나와 달리 니토리는 한껏 신이 났다.

벌컥!

"이치카! 참깨 어디 있어? 앗, 여기 있다!"

탕! 벌컥!

"이치카! 김 어디 있어? 앗, 이거다!"

탕!

"자꾸 냉장고 문 열었다 닫았다 하지 마!"

결국 이치카가 화를 참지 못하고 폭발했다. 그 옆에서 커다란 도시락 통을 씻던 시즈키가 말했다.

"이 도시락 통, 좀 비싸도 사길 잘했네요."

"그러게. 소풍이나 운동회 때도 쓸 수 있겠어."

오늘 도시락은 평소처럼 각자의 것을 따로 싸는 대신 커다란 통에 한꺼번에 담기로 했다. 어쩐지 더 가족같아서 설렌다. 나도 모르게 프라이팬에서 잠깐 눈을 뗀 순간…….

"미후! 불!"

"응? 으아아앗!"

이치카의 목소리에 서둘러 가스 불을 껐다. 설마 다 타 버렸나? 조심조심 뒤집어 보니…….

"음……. 살짝 갈색이긴 하지만, 괜찮아."

휴, 가슴을 쓸어내렸다. 달걀말이는 그럭저럭 완성.

"다, 다행이다……. 얼른 도시락 통에 담자."

"기다려. 좀 식힌 다음에 담아야 해."

"응? 식힌 다음에? 왜?"

"뜨거운 채로 담으면 습도와 온도 때문에 식중독균이 잘 생기거든. 배탈 날 수 있으니까 조심해야지."

"""여, 역시……."""

이치카의 지식에 우리는 그저 감탄할 뿐이다.

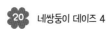

    이후에도 니토리가 그릇을 엎지르고, 도시락을 예쁘
게 담느라 집중하던 시즈키의 손에 쥐가 나는 등 소소
한 문제들이 있었지만, 무사히 도시락이 완성되었다.

    "우아⋯⋯!"

    노란색 달걀말이. 분홍색 베이컨. 초록색 아스파라
거스. 갈색 비엔나소시지. 빨간색 방울토마토까지. 우
리 넷이 좋아하는 반찬들을 꼭꼭 담았다.

니토리가 만든 주먹밥도 가지런하고 예쁘다. 참깨를 뿌린 주먹밥, 김으로 감싼 주먹밥……. 정말 맛있어 보여. 아침을 먹은 지 얼마 되지 않았는데 벌써 배가 고파졌다.

"앗, 벌써 시간이 이렇게 됐잖아? 서두르자!"

"이제 뚜껑 덮을게요!"

시즈키가 뚜껑을 꾹꾹 눌러 닫고, 보자기를 묶었다.

"아, 맞다! 선크림 바르는 걸 깜박했네."

니토리는 앞치마를 두른 채 허둥지둥 위층으로 올라갔다. 그 틈에 나는 냉동실에서 얼음 팩을 꺼내 도시락과 함께 보랭 가방에 넣었다.

"도시락은 이걸로 완성이네?"

"응."

우리가 미소를 지었을 때였다. 니토리가 후다닥 부엌으로 달려오더니 외쳤다.

"**엄마,** 내 선크림 어딨어?"

"""**어?**"""

이치카도, 나도, 시즈키도. 심지어 니토리조차도 눈이 휘둥그레졌다.

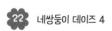

"누…… 누…… 누구한테 엄마래?"

이치카의 얼굴이 순식간에 새빨개졌다!

"자…… 자…… 잠깐 착각한 거야."

앗, 니토리도 얼굴이 새빨개졌네……!

부끄러워하는 두 사람 뒤에서 나와 시즈키는 눈빛으로 대화를 주고받았다.

'괜히 나서지 말아야겠어…….'

'못 들은 척하는 게 낫겠어요…….'

언니를 엄마라고 불렀으니 당연히 부끄럽겠지. 하지만…… 그래……. 니토리에게는 '엄마'가 있었구나.

시간이 지나 부끄러움이 가시자, 조금 괴로운 기분이 들었다. 우리 넷은 저마다 다른 환경에서 자랐다. 이치카는 보육원을 거쳐 초등학교 4학년 때부터 위탁 가정에서 자랐고, 나와 시즈키는 계속 보육원에서 지냈다. 그래서 '엄마'라고 부를 수 있는 사람이 없었어.

하지만 니토리는 달라. 니토리는 어릴 때 입양되었으니까. 피가 이어지지 않아도 '엄마'와 '아빠'가 있었던 거야.

그런 차이를 깨닫자 살짝 서운해졌다. 니토리도 같

은 기분일까? 조심조심 표정을 살피는데…….

꼭 다문 입, 사나운 눈초리. 부끄럽거나 서운한 게 아니야. 화가 난 건가? 싫은 기억이라도 떠올랐나?

"니토리……?"

그제야 정신이 든 듯 니토리가 눈을 깜박였다.

"니토리, 왜 그래?"

"……아무것도 아니야."

밝은 모습이 떠오르지 않을 정도로 기운 없는 목소리로 대답하면서 니토리가 자리를 피했다. 평소와 다른데……. 그 이유는 가르쳐 주지 않는다.

"……왜인지는 모르지만, 니토리는 가끔 저럴 때가 있더라."

걱정스럽게 속삭이는 이치카의 말에 나와 시즈키도 고개를 끄덕였다. 어쩌면…… 숨기고 싶은 비밀이 있는 게 아닐까? 중간고사 공부를 할 때도 그랬는걸.

— 아, 내 이 문제 어떻게 푸는지 알아. 중학교 입시 준비할 때 배웠어.

그 말에 우리 셋은 깜짝 놀라 눈을 동그랗게 뜨고 물었다.

— 중학교 입시요?

— 니토리, 중학교 입시 준비한 적이 있어?

— 그런 말은 처음 듣는데?

— 예, 옛날 일이야 아무려면 어때!

니토리는 난처한 얼굴로 대꾸하고는 입을 다물어 버렸지. 무슨 일이 있었는지 모르지만……. 물어본다 해도 니토리는 아무 말도 해 주지 않을 거야.

후다다닥!

생각에 잠긴 그때 니토리가 다시 달려왔다.

"이치카, 미후, 시즈!"

"왜, 왜? 무슨 일인데?"

"좋은 생각이 떠올랐어! 오늘 놀이공원에 '네쌍둥이 룩'으로 맞춰 입고 가는 거야!"

"""**네쌍둥이 룩?**"""

동시에 묻는 우리를 보고 니토리가 밝게 웃었다. 아까까지만 해도 가라앉아 있던 모습은 흔적도 없다. 니토리는 늘 이렇게 표정이 휙휙 바뀐다.

"그래! 네쌍둥이 룩! 우리 넷이서 커플처럼 옷을 맞춰 입는 거야. 네쌍둥이가 옷을 맞춰 입으면 얼마나 재미있겠어? 우리만 할 수 있는 일이야. 미나토랑 안도 깜짝 놀랄걸?"

그 말을 들으니 왠지 나도 두근거리기 시작했다.

"네쌍둥이 룩······ 재미있을 것 같아."

"그런데 말이지, 이제 15분 뒤에 나가야 하거든? 옷을 맞춰 입을 시간이 없어."

이치카가 시계를 보며 난처한 얼굴로 팔짱을 끼자, 니토리는 자신만만하게 한쪽 눈을 찡긋했다.

"할 수 있어! 내한테 맡겨."

3 레인보우 파크

"음, 날이 조금 흐리네."

"장마철이니까요. 하지만 비 소식은 없었어요."

"너무 덥지 않아서 더 좋을지도 몰라."

"그러게."

도시락을 든 이치카를 따라 집을 나온 우리는 가까운 역까지 걸어간 다음, 지하철을 타고 '레인보우 파크' 역에서 내렸다.

넓고 깨끗한 길을 따라 걷다 보니 저 멀리 무언가가 보인다. 커다란 롤러코스터에, 알록달록한 관람차까지! 가까이 갈수록 신나는 음악도 희미하게 들려오기 시작했다. 우아, 진짜 놀이공원이야……! 너무 설레서 나도 모르게 웃음이 나왔다.

"놀이공원이다……!"

옆에서 니토리가 잔뜩 들뜬 목소리로 중얼거렸다. 이치카와 시즈키도 설레는 표정이다.

아, 정문 앞에서 미나토와 만나기로 했는데. 동화 속 성 같은 저기가 레인보우 파크 정문인가? 이리저리 두리번거리는데……. 저기 있다!

"미나토!"

"미후!"

내가 손을 크게 흔들자 미나토도 똑같이 손을 크게 흔들었다. '다른 친구보다 더 친한 친구'가 된 것 같아! 헤헤, 웃음이 새어 나오던 그때였다.

"어서 와, 네쌍둥이!"

미나토 뒤에서 눈매가 또랑또랑한 여자애가 튀어나왔다. 이 아이는 오오코치 안. 미나토의 소꿉친구이자, 살짝 고집스럽지만 그만큼 시원시원한 아이다.

그리고 얼마 전에 알게 된 사실이지만……. 미나토를 남자 친구로 만들려고 결심한…… 것 같아서 어쩐지 마음이 조금 복잡하다.

— 안과 나오도 부르려는데, 괜찮지?

— 응?

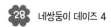

미나토가 물었을 때 나도 모르게 그렇게 되물어 버렸지. 왜 이런 기분이 드는 걸까? 그러다 문득…… 니토리가 했던 말이 떠올랐다.

— 남자 친구가 생기면 이렇게 다 같이 집에 돌아가지도 못할 거 아니야?

잠깐만. 그 말은 미나토와 안이 사귀게 되면, 나는 미나토와 같이 하교할 수 없다는 뜻이잖아. 교실에서 인사하고, 이야기를 나누고, 고민을 의논하고……. 지금까지 아무렇지 않았던 일들도 하지 못하게 되는 거야?

그건 조금…… 아니, 너무 싫은데……. 미나토는 나한테도 소중한 친구인걸. 안이 독차지하는 건 곤란해. 하, 하지만 안을 응원하지 않는 것도 조금 미안하긴 해. 아직은 안도 미나토에게 열심히 다가가는 것 같지 않지만…….

말할 수 없는 고민에 빠진 나를 향해 미나토와 안이 활짝 웃었다.

"미후랑 쌍둥이들, 옷을 맞춰 입었네!"

"근사해! 네쌍둥이 룩이잖아?"

"으, 응!"

나도 모르게 고개를 끄덕이자 옆에서 니토리가 어깨를 으쓱였다.

"천재 스타일리스트 미야비 니토리의 작품이야! 모두의 매력을 살린 코디랄까?"

우리 네쌍둥이가 맞춰 입은 옷을 소개하자면…….

이치카는 흰 블라우스에 청바지.

니토리는 흰 티셔츠에 짧은 청반바지.

나는 흰 폴로셔츠에 청반바지.

시즈키는 흰 티셔츠에 청치마바지.

'흰 티'와 '청바지'는 통일하고, 서로 옷을 빌려주며 맞춰 입었다. 똑같이 생겨서일까? 조금 다르면서도 비슷한 느낌이 나는 멋진 네쌍둥이 룩 완성!

하지만 난 사실 조금 어색하다……. 왠지 남자아이 같은 차림인걸.

그에 비해 오늘 안은 정말 예쁘다. 귀여운 원피스에 레깅스, 굽 낮은 구두.

좋겠다. 곁에 있으니까 좀 초라해지는 것 같아.

그런데 그때였다.

"예쁘다! 사진 찍어도 돼?"

미나토가 눈을 반짝이며 디지털카메라를 꺼냈다.

"어, 어?"

예, 예쁘다고 했어! 아니, 내가 아니라 네쌍둥이 룩이 예쁘다는 뜻이겠지만. 그래도 가슴이 두근거리고, 얼굴이 뜨겁다.

남자아이 같은 차림이어도 네쌍둥이 룩이라 괜찮은 걸까? 미나토의 한마디에 갑자기 자신감이 솟아나다니, 나는 역시 단순해.

"좋아! 찍어, 찍어!"

니토리는 벌써 포즈를 잡고, 이치카는 편안한 표정을 지었다. 시즈키는 굳은 얼굴로 움직이지 않는다. 당황한 내가 똑바로 서자, 미나토가 카메라를 들었다.

"전체가 다 나오게 찍을게. 웃어 줘."

찰칵.

"좋아. 아주 잘 나왔어!"

사진을 찍는 미나토는 무척 즐거워 보인다. 그런 미나토를 보고 있으면 나도 기분이 좋아져서 웃음이 나온다. 사진이 어떻게 나왔을지 보고 싶어. 기대돼.

"어머……? 그러고 보니 나오유키는?"

이치카가 주위를 둘러보며 물었다.

"나오는 음료를 사러 갔어."

안이 대답하는 동시에 미나토가 손을 흔들었다.

"저기 오네. 여기야, 나오!"

짧은 머리에 안경이 잘 어울리는 호리호리하고, 키가 큰 남자애가 보였다. 안의 쌍둥이 남동생 오오코치 나오유키다.

우리를 본 나오유키가 걸음을 뚝 멈췄다. 평소와 다른 시즈키의 모습에 놀란 걸까?

"아, 안녕하세요…….."

"아…….."

시즈키는 살짝 난처한 표정으로 고개를 숙였다.

"나오, 뭐 해? 빨리 와."

안이 재촉하자, 나오유키는

가까이…… 하지만 시즈키와 조금 떨어져 걸었다. 아무래도…… 나오유키는 시즈키를 좋아하는 것 같아.

하지만 시즈키는 초등학교 때 괴롭힘당했던 기억 때문에 또래 아이들과 어울리기 힘들어 한다. 특히 남자를 어려워해서 나오유키와도 잘 이야기하지 못한다. 나오유키도 말을 잘하는 편은 아닌 것 같고…….

얼마 전에 있었던 '연애편지 사건' 이후로 두 사람은 친구가 되었지만……. 보다시피 둘 사이의 거리는 그다지 가까워지지 않은 것 같다.

— 안과 나오도 부를까 하는데, 괜찮지?

그래서 미나토가 이렇게 물었을 때, 시즈키도 '응?' 하고 되물었던 거겠지. 어색해 보이지만…… 닮은 면이 많은 두 사람. 조금만 용기를 내면 좋은 친구 사이가 될 것 같아.

그때 미나토가 기운차게 말했다.

"다들 모였으니, 이제 들어갈까!"

"응."

모두 고개를 끄덕이고는 정문으로 향했다.

🏠4 친해지고 싶어!

"환영합니다! 즐거운 하루 보내세요!"

초대권을 건네고 정문을 통과하자마자 눈앞에 펼쳐진 광경에 나도 모르게 감탄이 나왔다.

"우아……!"

관람차, 롤러코스터, 귀신의 집, 회전 컵, 그리고 회전목마까지……. 팸플릿에서 본 대로 아니, 그보다 멋진 모습에 가슴이 두근거린다.

열대우림에서나 볼 듯한 나무들. 길가에 핀 색색의 꽃들. 커다란 분수. 풍선을 파는 수레. 알록달록한 지붕들. 어디선가 풍겨 오는 달콤한 팝콘 냄새.

"딴 세상에 온 것 같아……."

멍하니 중얼거리는 이치카의 말에 나도 고개를 끄덕였다.

"엄청 예뻐졌네……."

안이 조용히 감탄하자, 미나토도 대답했다.

"예전 모습이 전혀 없어. 저런 분수도 없었는데."

"아……. 미나토와 안은 여기 온 적 있어?"

내가 묻자 미나토는 고개를 끄덕였다.

"응. 옛날에는 1년에 한 번은 꼭 왔어. 안이랑 나오랑 셋이서 같이."

"한 번이 아니라 두 번이야. 겨울에는 여기 있던 아이스 링크에서 스케이트를 탔잖아."

"아, 맞아. 그 아이스 링크 또 가고 싶다."

"나도! 매점에서 먹었던 핫도그 진짜 맛있었는데."

"맞아, 맞아. 스케이트를 탄 다음에 먹어서 그런지 더 맛있었지."

즐겁게 옛날 추억을 이야기하는 미나토와 안. 두 사람을 보고 있으니 왠지 가슴이 답답하다. 같이 이야기하고 싶어도 나는 잘 모르니까…….

나도 모르게 입술을 살짝 깨문 그때였다.

"자! 뭐부터 탈까? 일단 저쪽으로 가 볼까?"

니토리가 큰 소리로 말을 꺼내면서 자연스레 둘의

이야기가 끊어졌다. 자, 잘했어, 니토리!

하지만…… 이런 생각을 하다니. 나는 미나토와 안에게 좋은 친구가 아닐지도 몰라. 나 자신이 조금 싫어진다.

"그러자!"

"응, 갈까?"

어느새 다들 니토리가 가리키는 쪽으로 걷기 시작했다. 복잡한 마음은 뒤로하고…… 오늘은 나도 아무 생각 없이 놀이공원을 즐길 거야!

우리는 시끌벅적 떠들며 레인보우 파크를 돌아다녔다. 사람이 많았지만, 길게 줄을 설 정도는 아니었다.

처음 시작은 회전목마! 어린아이 같지 않을까 걱정했지만 화려한 장식이 달린 말에 올라타자, 진짜 놀이공원에 왔다는 게 실감 나기 시작했다.

다음은 회전 컵. 니토리와 안과 같이 탔더니……. 너무 신난 두 사람이 쉼 없이 컵을 돌리는 바람에 어지러워 눈앞이 빙글거렸다. 니토리도 그렇지만, 안도 생각보다 꽤 장난스러운 것 같다.

"자, 다음은 저거야!"

미나토의 손끝을 본 나는 숨을 삼켰다.

높이 솟은 검은 탑, '프리 폴'! 좌석에 앉으면 그대로 어마어마하게 높이 올라가서 자유 낙하하는 놀이기구다.

"으아아아아아아악!!"

프리 폴이 내려올 때마다 아찔한 비명이 들린다.

"나는 못 타."

나오유키는 곧바로 고개를 흔들었다.

"저, 저도…… 안 탈래요."

시즈키도 가냘프게 말하며 고개를 저었다.

"나, 나도…… 이번에는 쉴까……?"

내가 조심스레 말하자, 안이 웃으며 답을 냈다.

"그럼 나오, 시즈키, 미후는 여기서 기다려. 미나토, 니토리, 이치카, 가자!"

안과 미나토, 이치카와 니토리가 프리 폴을 탈 차례가 된 순간, 나도 모르게 중얼거렸다.

"앗……."

안이…… 미나토 옆에 앉았어. 둘이 무슨 이야기를 하는지는 모르겠지만……. 아마도 '조금 무섭네', '괜찮아' 같은 말이겠지? 둘 다 즐거워 보여. 좋겠다……. 나도 탔으면 좋았을걸.

뿌우.

그와 동시에 신호음과 함께 프리 폴이 천천히 올라가기 시작했다.

우아, 우아, 우아……! 미나토도, 안도, 이치카도, 니토리도 발을 대롱대롱 흔들면서 순식간에 저렇게 높은 곳까지 올라가 버렸어!

조마조마한 기분으로 주먹을 꼭 쥔 순간.

슝!

"으아아아아아아아악!"

어마어마한 속도로 내려오는 프리 폴!

으아……. 보기만 해도 온몸이 오그라든다. 역시 안 돼. 저런 걸 타면 무서워서 죽을지도 몰라.

하지만…….

"으아! 무서웠어!"

"위에서 한 번 덜컹, 흔들렸잖아? 깜짝 놀랐어."

"맞아, 맞아!"

프리 폴에서 내려 들뜬 얼굴로 이야기를 나누는 미나토와 안을 보니 역시 나도 탔으면 좋았을 거라는 생각이 들었다. 미나토와 더 친해지고 싶으니까.

나도 무서웠다든가, 깜짝 놀랐다든가 하는 이야기를 나누고 싶어. 다음에는 꼭 미나토랑 같이 놀이기구를 타야지.

굳게 결심했을 때, 이치카가 말을 꺼냈다.

"슬슬 도시락을 먹을까? 곧 열두 시야."

도시락! 그러고 보니 약간 배가 고파졌다.

"찬성! 나는 벌써 배가 꼬르륵거려."

"피크닉 코너는 저쪽이야."

"가요."

"응!"

"그래."

미나토를 따라 우리는 피크닉 코너가 있는 언덕으로 향했다.

🏠 5 즐거운 점심시간

넓은 잔디밭에 마련된 피크닉 코너에는 푸릇푸릇한 잎이 우거진 나무들이 서 있었다. 우리는 재빨리 나무 그늘에 돗자리를 깔고, 도시락을 꺼냈다.

"와, 맛있겠다!"

"대단하다. 넷이서 이걸 다 만든 거야?"

안과 미나토가 감탄하자 나도 조금 으쓱해졌다.

"그래, 그래. 나는 주먹밥 담당이었어. 김으로 감싼 주먹밥에는 다시마, 참깨 주먹밥에는 매실장아찌, 흰 주먹밥에는 가다랑어포가 들어 있지."

신난 니토리와 달리 이치카는 난처한 표정이다.

"만들 때는 생각 못 했는데…… 너무 많은가?"

이치카의 말을 듣고 보니 그런 것 같기도 하다.

"앗……. 4인분치고는 조금 많나?"

"괜찮아! 다 같이 먹으면 되지."

방긋 웃는 니토리를 따라 이치카도 고개를 끄덕였다.

"그래. 한창 먹을 때인 남자애가 둘이나 있으니 괜찮겠지?"

어? 미나토, 안, 나오유키도 먹는다고? 어, 어떡하지. 먹는 거야 괜찮지만……. 내가 만든 달걀말이는 조금 탔을지도 모르는데…….

"그럼 잘 먹을게."

꿀꺽.

앗, 미나토가 내 달걀말이를 머, 먹어 버렸어!

"그, 그 달걀말이, 내가 만들었어!"

내가 큰 소리로 외쳤다. 미나토가 먹을 줄은 몰랐는데! 맛없으면 어쩌지? 마실 거라도 줘야 하나?

당황한 나머지 우왕좌왕하는 그때 미나토의 얼굴이
눈에 들어왔다. 미나토가…… 웃고 있잖아?

"맛있다! 이거 정말 미후가 만든 거야?"

"응? 지, 진짜 맛있어?"

믿기지 않아서 되묻자, 미나토가 바로 대답했다.

"맛있어. 난 이 정도로 익힌 달걀말이가 좋아."

"다행이다……!"

내 달걀말이가 좋다니! 기뻐서 날아갈 것 같아.

그때 안이 시즈키에게 물었다.

"시즈키는 뭘 만들었어?"

"저는…… 방울토마토만 씻었어요."

그러자 나오유키가 방울토마토를 덥석 먹었다.

"……맛있어요."

"아……. 고마워요."

"그냥 방울토마토인데?"

니토리가 쏘아붙였다. 이치카와 나는 똑같은 얼굴을 마주 보며 소리 죽여 웃었다.

"후후후."

나도 니토리가 만든 주먹밥과 이치카가 만든 문어 모양 비엔나소시지를 접시에 덜었다. 밖에서 먹는 도시락은 왜 더 맛있는 걸까? 날씨가 좋아서? 아니면 모두와 함께여서 즐겁기 때문일까?

수다를 떨면서 서로 먹어 보라고 권하고 있는데 미나토가 갑자기 고개를 갸웃거렸다.

"어……?"

"미나토, 왜 그래?"

"저기 있는 아이, 왜 저러지? 길을 잃었나?"

나무 그늘 아래에 혼자 웅크려 앉은 여자아이가 보였다. 세 살쯤 됐을까? 고개를 숙인 모습이 기운 없어 보인다.

"꼬마야, 왜 그래? 엄마 아빠는?"

미나토가 말을 걸자, 깜짝 놀란 아이가 엉덩방아를

찧으며 넘어졌다.

"어, 어떡하지?"

"괜찮아?"

우리가 우르르 다가가자…… 아이가 울먹이기 시작했다. 모르는 사람들이 말을 걸어서 겁먹었나?

"아, 저기…… 우리는 그……."

이상한 사람도, 나쁜 사람도 아니라고 말하고 싶은데 알아들을까? 앗, 울지 말아 줘.

내가 쩔쩔매고 있는 사이 니토리가 쭈그려 앉아 아이와 눈을 맞추더니 밝게 물었다.

"안녕! 이 노래 알아? 〈숲속에서 가위바위보〉."

"……으……응."

아이가 조심스럽게 대답했다.

"정말? 그럼 엄마가 올 때까지 같이 부를까?"

니토리는 신나게 노래하기 시작했다.

"가위 바위 보— 하고 놀아요— 도토리는 바위—"

높은음으로 올라가는 노랫소리에 다들 웃음을 터뜨렸다. 아이도 울음을 그치고 방긋 웃었다. 니토리가 유치원 선생님처럼 다정하게 미소 지었다.

"앗! 엄마! 아빠!"

다행히 아이의 부모님이 돌아왔다! 아이는 작은 손을 흔들며 우리에게 인사했다.

"빠빠이!"

"휴……. 또 울까 봐 조마조마했어……. 니토리 덕분이야. 진짜 아이랑 잘 놀아 주는구나."

"정말! 유치원 선생님 같았어. 대단해."

"아니, 뭐……."

왜 그러지? 이치카와 내가 칭찬하자 니토리가 쓴웃음을 지었다. 쑥스러운 것 같지는 않은데…….

살짝 마음에 걸렸지만 이어지는 안의 한마디에 우리는 돌처럼 굳어 버렸다.

"노래 속에도 사투리 억양이 있어서 더 재미있었어. 그런데 왜 니토리만 사투리를 쓰는 거야?"

""""……!""""

"아, 나도 궁금했어."

미, 미나토까지? 나오유키도 관심 있는 눈빛으로 우리를 바라보았다.

"설마 니토리만 오사카에 살았어?"

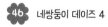

'그럴 리는 없겠지?'하고 말하려는 듯 안이 해맑게 웃었지만, 사실…… 그게 맞다. 우리는 갓난아이일 때 각각 다른 보육원에 맡겨져 떨어져서 자랐으니까.

하지만 학교 친구들에게는 비밀이다. 더불어 우리의 엄마라고 주장하는 콰트로폴리아 사장 부인 우라라 아줌마에 대한 것도. 설명하기엔 길고, 심각하고, 수상한 이야기인걸.

어떻게 대답해야 할지 몰라 우물쭈물하고 있는데 니토리가 입을 열었다.

"나 그냥도 잘 말하는데? 하지만 오사카 개그를 좋아해서 따라 하다 보니 사투리가 입에 붙은 것뿐이야."

니, 니토리가 사투리 억양 없이 말하잖아……? 그 자리에 있던 모두의 입이 쩍 벌어졌다.

"니토리, 그냥 평소처럼 말해 줘. 너무 낯설어서 이상해……."

이치카가 진심 어린 표정으로 바라보자, 니토리는 장난스럽게 웃었다.

"자, 그럼 다시 도시락 먹자. 내는 거의 다 먹었지만!"

"어, 어……."

"으, 응……."

'사투리 억양 없이 말하는 니토리'를 본 충격이 컸는지 안도, 미나토도 아무 말도 하지 않았다. 나오유키는 뭔가 생각하는 것 같은 얼굴이지만, 말이 없다.

무, 무사히 넘어가서 다행이야……. 그렇지만 니토리가 저렇게 또박또박 잘 말할 줄이야. 뜻밖의 모습에 깜짝 놀랐다.

그러고 보니 오늘 아침에 본 니토리의 얼굴도 뜻밖이었지. 이치카를 엄마라고 부른 다음 지었던 화가 섞인 복잡한 표정.

그 얼굴도, 어린아이를 달래던 모습도 뜻밖의 모습이었어. 니토리는 항상 밝은 얼굴 뒤에 우리가 모르는 모습을 감추고 있는 건지도 몰라. 하지만 영영 숨길 수 있을까? 언젠가는 드러나지 않을까?

왠지 몰라도 그런 생각이 들었다.

"자, 다음에는 뭘 탈까?"

니토리가 돗자리 위에 놀이공원 안내 지도를 펼쳤다. 지도에는 레인보우 파크를 속속들이 나타낸 그림과 놀이기구 사진이 있어서 알아보기 쉬웠다.

"난 롤러코스터 타고 싶어!"

"내도! 여기 이 스플래시 코스터도."

"여기 공중그네 같은 것도. 아, 귀신의 집도 좋은데?"

미나토, 니토리, 안이 무시무시해 보이는 놀이기구들만 골라 가리켰다.

"저는 다 못 타요……."

내 옆에서 시즈키가 중얼거리자, 나오유키도 동의하듯 고개를 살짝 끄덕였다. 소, 솔직히 나도 무서운 건 피하고 싶지만……. 그래도 이번에는 미나토랑 같이 놀이기구를 타고 싶어.

이제 보니 시즈키도, 나오유키도 무서운 놀이기구를 좋아하지 않는구나. 모처럼 모두와 다 같이 놀이공원에 왔는데 함께 놀이기구를 타지 못하다니 조금 아쉽다.

그때 이치카가 의견을 냈다.

"무서운 놀이기구를 잘 타는 사람과 그렇지 않은 사람이 있으니까 두 팀으로 나뉘어서 움직이는 게 어때?

신나게 놀고 싶은 팀과 천천히 놀고 싶은 팀으로."

"좋은 생각이야."

안이 먼저 찬성하자, 다들 고개를 끄덕였다.

"괜찮네."

"찬성!"

"좋아요."

그렇구나. 팀을 나누면 다들 편히 놀 수 있겠지.

"그럼 신나게 놀고 싶은 사람은 여기 붙어라!"

"얍!"

"나도!"

니토리가 손을 내밀자, 미나토와 안이 손을 잡았다.

만약 '신나게 팀'에 들어가면 무서워 보이는 놀이기구들만 타겠지? 그렇지만…… 난 미나토와 같이 있고 싶어! 미나토와 더 친해지고 싶은걸. 안을 방해하는 것 같아서 조금 미안하지만……. 나한테도 미나토와 더 친해질 기회는 줘야지!

"야, 얍!"

나도 니토리의 손을 잡았다.

"어?"

미나토도, 안도, 니토리도, 이치카도, 시즈키도, 나오유키도. 모두가 살짝 놀란 표정으로 나를 쳐다본다.

"미후, 니도 신나게 팀에 들어오려고?"

니토리가 확인하듯 묻자, 나는 크게 숨을 들이쉬고 웃었다.

"으, 응! 나도 신나게 팀으로 갈래. 타 보고 싶어. 롤러코스터 같은 거."

그래도 무시무시한 놀이기구만 타지는 않겠……지? 공중그네라면 어떻게든 탈 수 있을 것 같고, 귀신의 집도…….

"괜찮아, 괜찮아. 어떻게든 되겠지. 괜찮아."

누구에게도 들리지 않게 작은 목소리로 속삭이면서 나 스스로를 다독이는데 이치카가 옆으로 다가와 속닥였다.

"미후, 힘들면 언제든 연락해."

"고, 고마워."

나는 작은 소리로 대답하며 고개를 끄덕였다. 이치카는 내 생각을 눈치챈 걸까……?

"신나게 팀은 정해졌네. 그럼 천천히 팀은 여기 붙

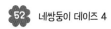

을래?"

이치카는 니토리가 그랬던 것처럼 밝게 웃으며 손을 내밀었다.

"……저요."

"……저도요."

시즈키와 나오유키가 살짝 손을 들었다. 분위기가 정말 다르구나……. 어?

"이치카, 천천히 팀에 있어도 괜찮아?"

아까 프리 폴을 신나게 타던 이치카를 떠올리며 묻자, 니토리가 살짝 불편한 표정으로 끼어들었다.

"당연하지! 생각해 봐, 이치카도 신나게 팀에 들어오면 시즈랑 나오유키만 남는단 말이야. 둘만 있으면 데이트잖아!"

데, 데이트라니! 그런 말을 하면……. 아니나 다를까 시즈키와 나오유키는 새빨개진 얼굴로 부리나케 서로에게서 멀리 떨어졌다. 바람처럼 재빠른 속도다.

"어휴, 이상한 소리 좀 하지 마."

이치카는 니토리를 나무라고…….

"아하하하하하하!"

안은 웃음을 터뜨리고…….

"티, 팀이 정해졌으면 빨리 가자! 시간 아까우니까."

"그, 그러게. 돗자리부터 접을까?"

미나토와 내가 가까스로 상황을 정리했다. 그런 다음 나는 피크닉 코너가 있는 언덕에서 놀이공원을 내려다보며 주문을 걸었다.

"좋았어. 할 수 있어. 다 잘될 거야."

🏠6 공포의 롤러코스터

"자, 신나게 팀 출발!"

드디어 신나게 팀 행동 개시! 신나게 팀은 니토리, 미나토, 안, 그리고 나. 이렇게 네 사람. 우리는 먼저 피크닉 코너를 출발해 야외무대를 지나 놀이공원 안쪽으로 걸어갔다.

"뭐부터 탈까? 미후는 뭐가 좋아?"

"아…… 어떻게 할까……. 하하하…….."

미나토가 물어 주어서 기쁘지만 근처에는 롤러코스터, 바이킹, 점보스윙……. 온통 무서워 보이는 놀이기구들뿐. 솔직히 아무것도 못 타겠어…….

"그러고 보니 슬슬 사람이 많아지기 시작하네."

미나토가 주위를 둘러보며 말했다. 안도 고개를 끄덕였다.

"점심시간이 지나서 이따 더 많아질지도 몰라."

"줄이 길어지기 전에 인기가 많아 보이는 거 먼저 타는 게 좋겠는데? 그럼⋯⋯."

"이걸 먼저 타야지!"

안이 가리킨 건 눈앞에 있는 놀이기구. 바로⋯⋯ '드릴링 롤러코스터·스카이 화이트 드래곤'.

고개가 뻐근해질 때까지 올려다보면 복잡하게 얽힌 흰색 철골이 끝없이 위로, 위로 우뚝 솟아올라 있다. 응? 이, 이건 분명 레인보우 파크에서 제일 크고 무서워 보였던 롤러코스터!

슈웅.

앗, 롤러코스터가 꼭대기에서 미끄러져 내려온다!

"으아아아아아아악!"

하, 하, 한 바퀴를 돌았어! 사람들이 엄청 소리를 지르잖아. 정말, 진짜, 너무너무 무서워! 보기만 해도 다리가 덜덜 떨려⋯⋯.

"좋은데? 타 보자."

앗, 미나토는 탈 생각이구나. 게다가 신난 듯이 나를 보며 씩 웃는다.

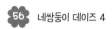

"미후는 어떻게 할래?"

그렇게 눈부시게 웃으면 타고 싶지 않다고 말할 수 없잖아⋯⋯.

"나, 나도 탈래⋯⋯!"

바로 이럴 때 각오를 다지는 거겠지. 할 수 있어. 해야만 해! 나는 두 주먹을 불끈 쥐고 미나토의 뒤를 따라갔다.

롤러코스터 줄을 서고 10분 후, 우리 차례가 되었다. 두 줄로 길게 이어진 롤러코스터는⋯⋯ 마치 용의 몸통 같다.

이렇게 무섭게 생긴 롤러코스터를 타는 건 처음인데⋯⋯. 아니, 생각해 보니까 롤러코스터를 타는 것 자체가 처음이야!

"안, 안! 우리 맨 앞에 타자!"

"좋아!"

니토리와 안이 롤러코스터 맨 앞자리에 앉았다.

"그럼 우리는 그 뒤에 앉을까?"

"으, 응!"

미나토가 먼저 자리에 앉았다. 내 자리는 미나토 옆. 무섭지만 미나토 옆에 앉다니, 기쁘다.

"안전 바 내리겠습니다."

철커덩.

직원이 두툼한 검은색 안전 바를 우리 앞에 내려 주었다. 내려온 안전 바는 꽉 고정되어 절대 올라가지 않을 것 같다.

이제 도망칠 수 없어……. 앗, 하지만 안전 바가 절대 올라가지 않는다는 건 분명 무사히 살아 돌아올 수 있다는 뜻이겠지?

정신없이 혼자 그런 생각을 하고 있을 때였다.

"미후…… 괜찮아? 어쩐지 얼굴색이 나쁜데."

"괘, 괘, 괘, 괜찮아."

미나토가 걱정스럽게 묻자, 당황해서 얼버무렸다.

"그럼 '스카이 화이트 드래곤', 출발!"

밝게 외치는 목소리와 함께 신호음이 울렸다.

부우!

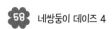

"앗!"

덜컹!

움직이기 시작하는 롤러코스터……! 나는 안전 바를 꽉 잡고 눈을 질끈 감았다.

덜컹덜컹, 덜컹덜컹!

"으……."

조금씩 앞으로 움직이던 롤러코스터가 멈췄다. 이제 끝난 건가? 그런데 실눈을 뜬 순간, 몸이 대각선 방향으로 획 떠올랐다.

우아아아아아. 어, 엄청나게 기울어졌네……! 엄청 높이 올라가고 있잖아!

철컹, 철컹, 철컹, 철컹…….

하, 하늘이 점점 가까워진다. 노란색 야외무대 지붕이 저 멀리 조그맣게 보여. 앗, 어느새 프리 폴보다도 높이 올라왔어!

두근두근.

심장이 시끄럽게 뛰기 시작한다. 무서워서 떨리는 건지, 롤러코스터가 흔들려서인지 잘 모르겠다.

다시 눈을 감으려던 그때…….

폭.

어……? 뭔가 따뜻한 게 내 손을 감쌌다. 나도 모르게 손을 보았다. 내 손 위에 겹쳐진…… 미나토의 손.

두근두근, 두근두근.

심장이 마구 뛰었다. 왜, 왜 이렇게 두근거리지?

"우아, 생각보다 무섭다!"

미나토의 목소리가 평소보다 들떠 있다. 그래, 미나토와 같이 놀이기구를 타려고 온 거잖아. 눈을 감으면 안 돼!

"나, 나, 나, 나도!"

무서운 마음을 날려 버리려고 나도 일부러 크게 소리쳤다. 동시에 엄지손가락을 움직여 미나토의 새끼손가락에 살짝…….

덜컹……!

어느새 롤러코스터가 레일 꼭대기에 도착했다.

두근…… 두근…… 두근…….

공기가, 소리가, 심장이 모든 게 느려지고, 숨이 멈춘다. 그리고 롤러코스터는 내려…….

"으아……."

슈우웅!

으아악! 지르지 못한 비명에 머리가 어지럽다. 롤러코스터는 어처구니없이 빠른 속도로 떨어진다. 무서워!! 하지만 소리를 지를 틈도 없이 갑자기 하늘과 땅이 뒤집혔다!

슈우웅!

한 바퀴를 돈 건가? 하지만 롤러코스터는 비스듬히 기울어지며 다시 아래로!

슈우웅!

으아악!! 그만해! 삐딱하게 기울어진 채로 움직이지 마! 또 떨어진다! 무서워!

몸이 붕 떠올랐다가, 엄청난 압력에 짓눌린다. 눈을 계속 뜨고 있는 건 역시 무, 리, 였, 어……

✿ ··· ☾ ··· ☁ ··· 🌙

……그 후로는 어떻게 된 건지 모르겠다.

기억나는 건 드문드문 떠오르는 장면뿐. 출발 지점으로 돌아온 롤러코스터. 올라가는 안전 바. 미나토, 니토리, 안의 걱정스러운 얼굴. 그리고 니토리한테 부축을 받으며 겨우겨우 나와서…….

"으……."

녹초가 되어 그대로 롤러코스터 앞 벤치에 쓰러졌다. 어지러워…….

"미후, 니 괜찮아?"

니토리가 차가운 물에 적신 손수건을 내 이마에 대주었다. 서늘한 기운 속에 눈을 감으니 한결 낫다.

"미후, 눈치채지 못해서 미안해. 놀이기구를 잘 못

타는 거지?"

"그게……."

미나토가 조용히 묻자, 솔직하게 털어놓을 뻔했다. 안과 친하게 있는 모습을 보니 마음이 쿡쿡 아팠다고. 같이 있고 싶어서 무리해서 따라왔다고.

하지만 역시 그런 말은 할 수 없다.

"음……. 사실 못 타는 게 아니라, 탄 적이 없었는데……. 도전하면 되지 않을까 싶었어……."

띄엄띄엄 대답하자, 안이 살짝 웃었다.

"그랬구나. 대단하네, 미후. 용감하잖아."

걱정시켰는데 오히려 칭찬받아 버렸다. 나는 미나토를 뺏기기 싫다는 이유로 멋대로 굴었는데……. 안은 나를 걱정해 주는구나. 미안한 마음에 스스로가 싫어졌다. 이제…… 어쩔 수 없다.

"하지만 더는 못 탈 것 같아. 미안해. 나는 잠깐만 쉬다가 천천히 팀으로 갈게. 다들 재미있게 놀고 와!"

"혼자 괜찮겠어?"

미나토가 걱정스러운 눈으로 애써 웃고 있는 나를 쳐다보았다. 고맙지만 나 때문에 모두가 신나게 놀지 못하는 게 더 싫은걸.

"괜찮아. 이치카한테 전화해서 만나면 돼."

"음……. 뭐, 이치카가 있으니까 괜찮겠지."

"그러게. 미후도 그러는 편이 더 좋을 거야."

니토리와 안이 고개를 끄덕이며 의견을 모았다.

"그럼 조심해."

"다시 신나게 팀으로 오고 싶으면 연락해!"

언덕을 내려간 세 사람은 그대로…… 멀어졌다.

"휴……."

혼자 남으니 절로 한숨이 나온다. 마음이 지쳐 버렸어. 나는 대체 뭘 한 거지.

그래도 배운 게 있다. 미나토와 같이 있고 싶어도 무리하면 안 된다는 사실. 그리고…….

나는 오른손을 바라보았다. 미나토가 내 손을 잡아 준 것 같은데. 확실히 기억나지 않아서 아쉬워.

미나토는 내가 무서워할까 봐 손을 잡아 준 걸까? 롤러코스터 위에서도 다정할 수 있다니, 역시 미나토는 대단해. 기뻐서 가슴이 두근거렸어.

다시 떠올리니 얼굴이 뜨거워졌다. 열을 식히기 위

해 니토리가 준 차가운 손수건을 볼에 댔다. 어서 이치카에게 연락해야지. 그런데…….

"……."

바로 앞…… 열 걸음 정도 떨어진 곳에 서 있는 서너 살쯤 된 어린아이가 나를 뚫어지게 쳐다본다.

왜, 왜 저러지? 먼저 말을 걸었다가 아까 만났던 아이처럼 울면 어쩌지? 나는 일단 아이를 향해 방긋 미소 지었다.

"우아!!"

응? 갑자기 아이가 소리를 지르며 행복하게 웃더니, 후다닥 달려와 폭 안겼다!

"우아!! 누나야! 니토 누나!"

어……. 어어어어?

🏠7 이 아이는 누구?

"니토 누나! 누나야, 꺄!"

아이는 까르르 웃으며 나를 끌어안은 채 깡충깡충 뛰었다.

"자, 자, 자, 잠깐만……!?"

나도 모르게 벤치에서 일어났지만, 아이는 내 옷자락을 꼭 붙잡았다. 이렇게 어린아이랑 만나면 뭘 해야 하지? 노래? 노래를 불러 줘야 하나? 아까 니토리가 부른 노래가 뭐였지? 가위바위보…… 뭐더라?

생각지도 못한 일에 나도 모르게 허둥대기 시작했다. 하지만…… 아이는 울기는커녕 환하게 웃었다.

"니토 누나, 같이 놀자!"

'니토 누나'라니? 무슨 말인지 모르겠어.

"저기……."

이제 보니 아이는 겨우 내 배꼽까지밖에 오지 않는다. 포동포동, 말랑말랑해 보이는 볼. 조그만 손. 입고 있는 주황색 티셔츠도 조그맣다. 신발도 정말 작아. 귀, 귀여워⋯⋯!

두근*!*

가슴이 두근거린다. 아이를 꼭 안아 주고 싶지만, 참는 게 좋겠지. 어쩌면 미아일지도 몰라.

"저기⋯⋯ 이름이 뭐야? 몇 살이니? 엄마 아빠는?"

나는 웅크리고 앉아 아이와 눈을 맞추고 천천히 물었다.

"아유무 이름은, 아유무야!"

아유무는 대답을 하는 짧은 사이에도 가만히 있지 않는다. 깡충깡충 뛰다가, 내 손을 잡았다가, 벤치 주위를 뛰어다닌다. 귀, 귀엽긴 하지만 지금은 제발 가만히 있어 줘!

"아유무구나. 엄마랑 아빠는 어디 계셔?"

"엄마 아빠는 저기!"

아유무가 작은 손가락으로 가리킨 '저기'에는 아무도 없다⋯⋯. 역시 미아구나⋯⋯.

그런데 아유무가 나를 향해 소리쳤다.

"아유무, 니토 누나 만나서 좋아!"

"어…… 니토 누나라니, 누구?"

"니토 누나, 여기! 아유무 누나!"

아유무는 답답하다는 듯이 말하더니 웅크려 앉아 있던 나를 꼭 끌어안았다. 얼굴에 닿은 볼이 생각했던 것보다 훨씬 부드럽다. 게다가 정말 따뜻해. 꼭 찹쌀떡 같아…….

아니, 지금 귀여움에 홀릴 때가 아니지. 아유무는 나를 자기 누나인 '니토 누나'로 착각한 거야. 그래서 끌어안았구나.

그래도 '누나'라고 불리니 기분이 좋아졌다. 어린 남동생이 있다면 이런 느낌일까?

"후후."

나도 모르게 웃음이 나온다. 좋았어, 지금만큼은 아유무의 누나가 되어 주어야지. 아유무를 반드시 돌려보내 줄 거야.

그때 아유무가 왼쪽 팔목에 찬 팔찌가 보였다. 팔찌에…… 뭐라고 적혀 있는 거지?

내 이름은 이케야 아유무
엄마 이름은 이케야 사호코
아빠 이름은 이케야 다케시

이름과 함께 전화번호도 적혀 있다. 그렇구나. 이 팔찌는 미아 방지 팔찌였어. 아유무의 성씨는 '이케야'구나. 이렇게 사랑을 듬뿍 쏟은 아이를 잃어버렸으니 부모님이 얼마나 걱정할까? 팔찌에 적힌 번호로 빨리 전화해야겠어.

서둘러 휴대폰을 들고 번호를 누르려다 갑자기 손이 뚝 멈췄다. 모르는 사람에게 전화하기가 망설여져서……? 그것 때문만은 아니야.

……이케야? 어디선가 들어 본 적이 있는데.

"누나야, 아유무 저거 탔다. 참말로 크데이!"

잘 들어 보니 아유무의 말투에 오사카 사투리가 섞여 있다.

"니토 누나……?"

니토 누나. 니토……. 니토, 리……?

"어?"

머릿속에서 퍼즐이 맞추어지듯 정보가 정리되었다. 맞아. 니토리가 입양되었을 때의 이름이 '이케야 니토리'였다고 했어, 분명해! 아유무가 나를 '니토 누나'로 착각한 건, 내가 '니토 누나'랑 똑같이 생겨서야!

아유무의 누나인 '니토 누나'는 니토리. 아유무는 니토리가 입양되었던 집 아이구나!

"아, 아유무, 누나 이름이 니토리니?"

내가 묻자, 아유무는 방긋 웃으면서 대답했다.

"응."

몰랐어. 니토리에게 남동생이 있었다니. 한 번도 이야기해 준 적 없으니까. 하긴 니토리는 입양됐을 때 이야기를 거의 하지 않지…….

"니토 누나?"

아유무가 내 얼굴을 가만히 바라보았다. 그러더니 주위를 두리번거리면서 뭔가를 확인하고는 나에게 소곤소곤 속닥였다.

"엄마도, 아빠도, 없으니까…… 니토 누나, 아유무랑 말해도 돼. 니토 누나…… 누나야 때문에 다친 거,

다 나았어, 괜찮데이."

뭐? 깜짝 놀라 말문이 막혔다. 부모님이 보고 있으면 니토리는 아유무와 얘기도 못했던 거야? 게다가 니토리 때문에 아유무가 다친 적이 있다니?

신경 쓰이는 것 투성이지만, 아유무는 너무 어려서 제대로 대답하지 못하겠지. 그렇다면…… 니토리에게 물어보는 수밖에.

"아유무."

"응?"

나는 아유무를 똑바로 쳐다보며 물었다.

"누나가 지금 니토리를 부를 테니까, 기다려 줄래?"

"니토 누나? 니토 누나, 여기……."

"아니야. 니토리랑 똑같이 생겼지만, 누나는 니토리가 아니야. 니토리는 다른 데에 있어. 지금 여기로 오라고 할게."

"니토 누나……? 니토 누나, 다른 데?"

"응, 맞아. 니토리는 다른 데에 있어."

"니토 누나 좋아……. 누나야 보고 싶어."

"그래, 그럼 잠깐만 가만히 기다려."

아유무와 거듭해서 약속한 다음, 휴대폰을 꺼내 니토리에게 전화를 걸었다.

뚜르르르르르……. 뚜르르르르르……. 달칵.

"미후? 왜?"

바로 받아서 다행이다! 나는 서둘러 설명했다.

"니토리! 나 지금 아유무랑 같이 있어. 이케야 아유무! 벤치에 앉아 있다 우연히 만났어. 니토리의 남동생 맞지?"

"……뭐?"

니토리의 목소리가 갑자기 싸늘해졌다. 좀…… 이상해. 긴장됐지만 나는 말을 이었다.

"저, 저기, 아유무가 니토리를 보고 싶어 해. 근처에 니토리의 양부모님도 계실 거야. 일단 이쪽으로……."

"싫어!!"

갑자기 귓가에 울리는 고함 소리. 전화 너머로도 느껴지는 엄청난 분노에 나는 그대로 굳어 버렸다.

"싫어! 내는…… 그 사람들한테 버림받았으니까!"

"뭐……?"

뚝.

동시에 전화가 끊어졌다. 생각지 못한 반응에 머릿속이 새하얘졌다. 버림받다니……? 대체 무슨 일이 있었던 거지?

하지만 아무리 생각해도 답을 알 수 없다. 나는 휴대폰을 쥐고 멍하니 서 있었다. 30초쯤 지났을까?

"앗, 맞다. 아유무."

그제야 아유무가 생각나 벤치 옆을 보았다. 그런데 아유무가…… 없다……?

"아, 아유무? 아유무!"

주위에도, 벤치 뒤에도, 화장실에도, 자판기 앞에도, 비탈길에도 아유무는 없었다.

"뭐, 뭐지? 아유무, 어디 간 거야?"

혼자서 중얼거리다가 문득 소름이 돋았다.

— 니토리는 다른 데에 있어.

내 말을 듣고 아유무 혼자 니토리를 찾으러 간 거야! 어떡하지……! 나 때문에 아유무가 진짜 미아가 되어 버렸어!

🏠8 이치카와 천천히 팀

"자, 우리는 어디로 갈까?"

신나게 팀과 헤어지고 나, 이치카는 애써 밝게 말하면서 천천히 놀이공원을 걷기 시작했다. 내 오른쪽에는 시즈키가, 왼쪽에는 나오유키가 있다.

"……."

"……."

두 사람은 한마디도 하지 않는다. 정확히 말하면 서로 말을 주고받지 못한다. 분명 니토리가 '데이트' 같은 쓸데없는 소리를 해서겠지. 곤란하네……. 이런 어색한 분위기는 좀 싫은데.

일단 야외무대까지 왔지만, 어린아이들이 볼 만한 공연 중이라 곧 지루해졌다.

"……이제 갈까?"

여전히 조용하고 조심스러운 분위기 속에서 우리는 놀이공원 안쪽으로 들어갔다. 이쯤에서 놀이기구를 타면서 분위기를 풀면 좋겠는데.

주위를 둘러보다가…… 나중에 타려고 아껴 뒀던 놀이기구를 발견했다.

"시즈키, 나오유키. 관람차라도 타 볼래?"

알록달록한 관람차를 타면 좀 즐거워지지 않을까? 안에서 내려다보는 경치도 좋을 것 같고, 무거운 분위기도 나아질 텐데…….

그런데 근처에 있던 고등학생들이 큰 소리로 떠드는 이야기가 들렸다.

"그거 알아? 여기 관람차에 얽힌 전설!"

"알아! 분홍색 곤돌라에 탄 커플은 영원히 행복하게 산다는 얘기지?"

"앗, 정말? 하긴, 커플한테 딱 맞는 놀이기구잖아."

갑자기 시즈키도, 나오유키도 땅만 쳐다본다.

"……관람차, 타 보지 않을래?"

혹시 몰라 한 번 더 물어봤다. 하지만 역시나 시즈키는 말없이 고개를 흔들고, 나오유키도 곁눈으로 시즈키를 흘긋 보더니 고개를 저었다.

"저도…… 괜찮아요."

둘만 있다면 모를까, 지금은 나까지 셋인데 부끄러워할 필요 없잖아. 그래도…… 어쩔 수 없지.

우리는 관람차를 그대로 지나쳤다. 그렇지만 기껏 놀이공원에 왔는데 뭐라도 타고 싶단 말이야.

아, 그래! 좋은 방법이 생각났다.

"참, 나오유키."

"네, 네."

"옛날에 미나토랑 안이랑 함께 이 놀이공원에 와 본 적 있다고 했지?"

"아, 네……. 꽤 오래전이지만."

"그럼 추천할 만한 놀이기구 같은 거 있어?"

"음…… 가까이에 자주 놀았던 곳이 있어요."

오, 드디어 우리 사이에도 대화가 시작되었다.

"그래? 그럼 그쪽으로 가 볼까?"

내가 밝게 묻자, 시즈키와 나오유키도 고개를 끄덕였다.

"저기예요. '숲속 놀이터'라는 곳인데…….."

모퉁이를 돌자 길 끝에 나무가 우거진 넓은 숲 입구가 보였다. 그리고 그 앞에 서 있는 안내문.

숲속 놀이터는 폐쇄되었습니다.

출입 금지
위험하니 들어가지 마시오!

"아…….."

나오유키도, 시즈키도, 나도 그대로 발을 멈췄다.

"여기…… 나무로 된 기구가 많아서…… 다 같이 자주 놀았는데……. 폐쇄되었네요……. 너무 낡아서일지도……."

나오유키는 미안한 듯, 아쉬운 표정이다.

"……어쩔 수 없지."

왔던 길을 따라 다시 관람차 쪽으로 돌아갔다. 대화는 끊기고, 관람차는 못 타고, 추억의 놀이터는 출입 금지. 휴……. 한숨이 나올 것 같다.

하늘을 올려다보니, 구름이 어정쩡하게 끼었다. 마치 지금의 우리 같아.

그렇게 관람차 앞까지 왔을 때였다.

띠리리리리리리……. 띠리리리리리리……….

— 힘들면 언제든 연락해.

혹시 몰라서 미후에게 그렇게 말했는데 무슨 일이지? 불안한 마음으로 통화 버튼을 눌렀다.

"여보세……."

말을 끝내기도 전에, 금방이라도 울 것 같은 목소리가 들렸다.

"어떡해, 이치카! 니토리의 남동생을 잃어버렸어!"

"남동생이라니?"

앗! 생각도 못한 얘기에 나도 모르게 입 밖으로 말이 나와 버렸다. 시즈키와 나오유키가 놀란 눈으로 나를 쳐다본다.

"미안. 잠깐 통화하고 올게."

나는 아무렇지 않은 척 시즈키와 나오유키에게서 떨어져 작은 소리로 속닥였다.

"미후, 진정해. 니토리의 남동생이라니? 그게 무슨 소리야?"

"호, 혼자 벤치에 앉아 쉬고 있는데 우연히 니토리의 남동생을 만났어. 서너 살쯤 되어 보였는데 엄마 아빠를 잃어버리고, 나를 니토리로 착각해서 다가왔어. 니토리를 만나게 해 주려고 전화를 했는데 니토리는 양부모님한테 버림받았다면서 전화를 끊어 버리고, 그 사이에 아이가 사라져 버렸어."

"그러니까 니토리 양부모님의 아들이 미아가 됐다는 거야?"

"나 때문이야……."

초등학생이라면 모를까, 그렇게 어린 아이가 미아가 된 건 정말 큰일인데. 위험한 곳과 안전한 곳을 구별하지도 못할 테고, 작은 도랑이나 계단, 비탈길에서 넘어지면 크게 다칠 수도 있다.

게다가…… 니토리가 한 말도 신경 쓰인다. 뭔가 감추고 있다는 생각은 했지만, '버림받았다'니 무슨 소리지? 그것보다 왜 하필 오늘 이곳에서 그 아이와 마주친 거야?

초조해져서 나도 모르게 입술을 깨물었다. 하지만 지금은 화를 내 봤자 아무 소용 없다.

"미후, 롤러코스터 근처에 있어?"

"응. '스카이 화이트 드래곤'이라는 롤러코스터 가까이에 있는 벤치야. 언덕 중턱!"

거기라면 여기에서 그다지 멀지 않다.

"알았어, 지금 갈게. 거기서 기다려. 알았지?"

나는 전화를 끊자마자 시즈키와 나오유키에게 돌아갔다.

"미안. 잠깐 일이 생겨서 가 봐야겠어."

"아······."

불안한 표정으로 말을 잇지 못하는 시즈키를 보니 마음이 무겁다. 평소였다면 시즈키와 의논했겠지만······. 나오유키 앞에서는 설명할 수도, 이대로 혼자 내버려두고 갈 수도 없 다. 미안해, 시즈키. 조금만 기 다려 줘.

"연락할게. 시즈키랑 나오 유키는 둘이서 놀고 있어. 걱 정 마, 금방 다시 올 거니까!"

그 말을 끝으로 나는 미후 가 있는 곳으로 달려가기 시작 했다.

🏠9 니토리의 양부모님

이치카와 통화를 마친 후에도 나는 휴대폰을 쥐고 불안하게 서성거렸다. 이제 뭘 해야 하지? 그, 그래. 니토리한테 다시 전화해 보자.

뚜르르르르르르……. 달칵.

"아, 니토……"

"지금 거신 전화는 전원이 꺼져 있어……."

할 수 없이 전화를 끊었다. 휴대폰을 꺼 버리다니 전화도 받고 싶지 않은 걸까. 어쩌지……. 화가 많이 난 것 같았는데……. 나 혼자서라도 아유무를 찾으러 가야 하나?

앗, 아니야. 지금은 이치카를 기다려야 해. 여기서 움직이면 안 돼. 어떻게 할지는 이치카랑 같이 생각하자. 이치카, 빨리 와 줘!

초조한 마음에 발을 동동 구르고 있을 때였다.

"하아……. 하아……. 하아…….."

몸집이 작은 아주머니와 덩치 큰 아저씨가 비탈길을 뛰어 올라왔다. 무슨 일이라도 있는 걸까? 한참을 뛰어다닌 듯 숨이 가빠 보인다. 게다가 무척 불안해 보여……. 앗, 눈이 마주쳐 버렸다!

"니, 니토리! 니가 와 여기 있노?"

믿을 수 없다는 듯이 소리치는 아주머니 옆에서 아저씨도 휘둥그레진 눈으로 물었다.

"니토리……? 참말이가……?"

앗, 이 사람들이 니토리의 양부모님인 사호코 아주머니와 다케시 아저씨구나. 나를 니토리라고 부르고, 사투리를 쓰는 걸 보니 틀림없어. 분명히 아유무를 찾는 중일 거야.

"저, 저는 니토리가 아니에요."

내가 대답하자, 두 사람이 성큼 다가왔다.

"무슨 소리고? 암만 봐도 니토리 아이가!"

"아, 아니에요. 똑같이 생겼지만 다른 사람이에요."

아주머니를 달래듯 말하자, 아저씨가 이어 물었다.

"니토리가 아니면 누고? 설마 쌍둥이라고 할 기가?"

"저, 저는 쌍둥이가 아니라 네쌍둥이……."

"네쌍둥이?!"

다그치는 말투 때문에 왠지 야단맞는 것 같다. 나도 모르게 입을 다물자, 아저씨가 어이없다는 듯 웃었다.

"니 거짓말하지 마라. 네쌍둥이라니, 무슨 말도 안 되는 소리를 하노?"

왜 믿지 않는 거야……? 니토리가 우리에 대해 말하지 않은 걸까? 전에 우리와 살게 되었다고 연락했다더니 사실은 아무것도 하지 않은 거야? 불길한 예감에 기분이 오싹해졌다.

"뭐가 뭔지 모르겠다. 아유무는 없어지고, 니토리가 나타나고……."

아주머니가 울먹이는 소리로 힘없이 중얼거렸다.

맞다, 아유무……!

"저, 아유무가 미아가 되었어요. 저, 저 때문에……."

내 말에 갑자기 두 사람의 눈빛이 변했다.

"니토리! 니 또 아유무한테 무슨 짓을 한 기가?"

꽉.

아저씨가 내 팔을 거칠게 잡았다.

절로 몸이 움츠러든다. 어쩌지……. 말문이 막혀서 설명을 못 하겠어. 나는 질끈 눈을 감았다.

그때였다.

"그 손 놓으세요! 제 동생한테 뭐 하는 거예요?"

익숙한 목소리에 눈을 뜨니 비탈길을 달려 내려오는 이치카가 보였다.

"이, 이치카!"

내가 소리치자, 아주머니와 아저씨는 우리 둘을 번갈아 보며 눈을 깜박거렸다.

"니…… 니토리……!?"

"니토리가 둘……!?"

"미야비…… 이치카…….."

아주머니와 아저씨가 중얼거렸다. 두 사람은 이치카가 내민 학생증을 보고서야 우리가 네쌍둥이라는 걸 믿는 눈치다.

"네. 저는 네쌍둥이 중 첫째 이치카예요. 니토리는 둘째고요. 셋째는 여기 있는 미후. 그리고 막내 시즈키가 있어요. 저희는 네쌍둥이고, 저와 미후는 니토리가 아니에요."

또박또박 설명하는 이치카 옆에서 나는 안도의 한숨을 쉬었다. 살았다. 이치카, 고마워.

그런데……? 나는 작은 소리로 물었다.

"이치카, 학생증은 왜 가지고 온 거야……?"

"아, 난 늘 가지고 다녀. 운이 좋으면 학생 할인을 받을 수도 있잖아?"

역시…… 알뜰하구나, 이치카.

"니들 정말 네쌍둥이 맞구마."

아저씨의 말에 우리는 고개를 돌렸다.

"맞아요. 네쌍둥이예요."

"미후라고 했제. ……아까는 참말로 미안하데이."

아저씨가 머쓱하게 말했다. 다행이다. 오해는 풀린 것 같다. 하지만 옆에서 아주머니가 울먹이며 물었다.

"아유무가…… 아유무가 어데 갔는지 모르나? 잠깐 눈을 뗀 사이에 없어졌다."

"저…… 제가 아유무랑 같이 있었어요."

조심스레 말을 꺼내기 무섭게 쏟아지는 시선. 아유무를 찾으려면 솔직하게 말해야 해.

"저를 니토리로 착각하고 다가왔어요. 제가 니토리는 다른 데에 있다고 했더니, 잠깐 눈을 뗀 사이에 없어져 버렸어요."

"……아유무가 니토리를 찾으러 갔단 말이가?"

"죄송해요……."

죄책감에 고개를 숙이자, 이치카가 덧붙였다.

"너무 어린 아이라 걱정이에요. 놀이공원 정문 근처에 있는 안내 센터에 아이를 찾는 방송을 부탁하는 게 좋겠어요."

아주머니와 아저씨는 고개를 끄덕였다. 이어서 이치카가 나에게 말했다.

"미후, 우리는 니토리를 찾으러 가자. 아유무랑 같이 있을지도 몰라."

"으, 응."

"아니다! 니들은 이제 상관하지 마라. 니토리에게 연락도 하지 말고."

아저씨의 단호한 어조에 우리는 멈칫했다.

"……왜요? 같이 찾는 게 낫지 않나요?"

"됐다. 니토리는……."

아주머니가 말끝을 흐렸다.

"니토리랑 무슨 일이 있었나요?"

이치카가 단도직입적으로 물었다. 하지만 아주머니와 아저씨는 아무런 대답이 없다.

"저⋯⋯ 아유무가 '니토 누나 때문에 다쳤어.'라는 말을 했는데요⋯⋯."

내가 용기 내어 묻자, 아주머니가 질끈 눈을 감았다.

"니토리는⋯⋯ 아유무를 밀어서 다치게 했다. 근데 '잠깐 눈을 뗀 사이에 아유무 혼자 넘어졌어요.' 이래 거짓말을 했다 아이가. 그런 니토리가 혼자 있는 아유무를 보면 또 무슨 짓을 하겠노?"

뭐라고? 이게 무슨 소리지⋯⋯?

더는 말하지 말라는 듯, 아저씨가 아주머니의 어깨에 손을 얹고 우리에게 말했다.

"어쩔 수 없는 일이제. 자주 있는 일 아이가. 니토리는 입양한 아고, 아유무는 우리 아니까. 니토리는 아유무를 질투한 기다."

그런⋯⋯ 그럴 리가⋯⋯.

"그 얘기는 믿을 수 없어요."

이치카가 말했다. 맞아, 믿을 수 없어. 피크닉 코너에서 만난 아이를 그렇게 잘 보살피던 니토리가 아유무에게 그런 짓을 했다니 상상도 할 수 없다.

그러자 아저씨는 한숨을 쉬었다.

"됐다, 신경 쓰지 마라. ……간데이."

아저씨는 그대로 비탈길을 내려가기 시작했다. 아주머니도 말없이 그 뒤를 따랐다. 나도 모르게 두 사람에게 소리쳤다.

"저기요! 정말 니토리를…… 버렸나요?"

아주머니와 아저씨가 순간 멈춰 섰다. 하지만 돌아보지 않은 채로 차갑게 대답했다.

"지금은 그런 얘기를 할 때가 아이다."

그러고는 빠른 걸음으로 비탈길 아래로 사라졌다.

나와 이치카는 그 자리에 남아 말없이 주변을 서성거렸다. 불안한 마음에 가슴이 쿵쾅거린다. 이치카도 어떻게 할지 망설이는 표정이다.

한참을 고민하다 내가 토해 내 듯 말했다.

"니토리의 양부모님은 어쩌면 나쁜 사람들일지도 몰라……. 니토리 때문에 아유무가 다쳤다고 했지만, 아주머니와 아저씨가 멋대로 니토리 때문이라고 생각했을 뿐이고 사실이 아닐 수도 있잖아."

말없이 고개를 끄덕이며 다음 말을 기다리는 이치카에게 나는 속마음을 털어놓았다.

"니토리는 양부모님과 만나지 않는 게 더 좋지 않을까⋯⋯?"

— 내는⋯⋯ 그 사람들한테 버림받았으니까!

니토리의 슬픈 외침이 떠오른다. 양부모님과 니토리 사이에 무슨 일이 있었는지는 알 수 없다.

하지만 같이 아유무를 찾는다면, 니토리는 결국 그 둘을 마주하게 될 거야. 그럼 더 상처받을지도 몰라. 생각만 해도 마음이 무겁고 답답해진다.

"미후는 니토리가 좋아?"

갑자기 묻는 질문에 나는 고개를 갸웃했다.

"응? 당연하지. 너무 좋아."

"왜?"

이치카는 왜 갑자기 이런 질문을 하는 걸까? 나는 띄엄띄엄 대답했다.

"왜냐하면⋯⋯. 니토리는 정말 정말 좋은 아이니까. 밝고, 다정하고, 재미있고⋯⋯. 우리에게 언제나 좋아한다고 말해 주고, 우리를 정말 아껴 주고…….”

힐끗 쳐다보니, 이치카가 다정하게 웃고 있다.

“나도 그렇게 생각해. 니토리는 정말 착한 아이야. 그래서 난 그런 니토리를 키운 사람들이 나쁠 거라는 생각이 들지 않아……. 물론 니토리가 상처받을까 봐 걱정되지만, 오해가 있다면 푸는 게 낫지 않을까?”

……그럴지도 모른다. 문득 니토리의 웃는 얼굴이 떠올랐다. 환하게 방긋거리는 웃음. 그렇게 웃을 수 있는 건 사랑을 듬뿍 받고 자라서일 거야……. 얼마 전까지만 해도 그렇게 생각했잖아. 불안한 마음은 아직 남아 있지만…….

“그러니까 우리 니토리한테 가자. 아유무가 걱정돼. 만약 그 사람들이 니토리에게 심한 말을 하면…… 우리가 니토리를 지켜 주자.”

“으…… 응!”

나는 힘차게 고개를 끄덕이고 이치카와 함께 좁은 비탈길을 뛰어 내려갔다.

🏠 니토리와 신나게 팀

귀신의 집에서 나오니 쨍쨍한 햇살에 눈이 부시다. 내, 니토리는 눈을 가늘게 떴다.

"아하하하! 우아, 무서웠어!"

"진짜 제대로더라!"

안과 미나토는 시끌시끌 떠들고 있다. 지금까지 관찰한 결과, 안은 가끔씩 미나토에게 일부러 더 가까이 붙는 것 같다. 혹시 미나토를 좋아하나? 하지만……

"안, 너 원래 이렇게 겁이 많았어? 옛날에는 귀신한테 발 걸었다가 혼난 적도 있잖아."

"그, 그거야 옛날 일이지!"

이렇게 주고받는 말을 들어 보면 평범한 소꿉친구 같은데.

"하……."

미안하지만 지금은 떠들 기분이 아니다. 이 놀이공원 어딘가에 엄마, 아빠, 아유무가 있다니. 레인보우 파크를 후원하는 회사 목록을 보았을 때부터 안 좋은 예감이 들었다. 목록에서 본 '오사카 홀딩스'는 아빠가 다니는 회사니까. 하지만 설마 같은 날 올 줄은…….

……아, 그렇구나. 엄마도, 아빠도, 아유무도, 지금은 도쿄 쪽에 살고 있겠지.

— 아빠는 봄부터 도쿄에서 일하게 됐다. 그러니 중학교 기숙사에 들어가그라.

싫어……. 그때를 떠올리고 싶지 않다. 머리를 가볍게 흔들고 억지로 웃으며 미나토와 안에게 말했다.

"내도 이제 천천히 팀으로 옮길래."

"응?"

"어디 안 좋아?"

"아니."

미나토의 물음에 짧게 대답하자, 안이 고개를 갸웃거렸다.

"니토리, 괜찮아? 아까부터 좀 멍한 것 같아."

"무서운 걸 너무 많이 탔더니 지쳤나 봐. 나이가 들었나."

할머니 같은 내 대답에 두 사람이 살짝 웃었다.

"알았어. 그럼 조심히 가."

"참, 나오랑 시즈키는 어떤지 나중에 알려 줘."

"걱정 마."

손을 흔들고 두 사람과 헤어져서 혼자가 되자, 길고 무거운 한숨이 나왔다.

"휴……."

팀을 옮길 생각 따위는 없다. 연락도 받고 싶지 않아서 휴대폰 전원까지 꺼 버렸으니까.

그대로 놀이공원 안을 이리저리 돌아다녔다. 생각을 하기도 전에 발길이 저절로 사람을 피해 움직였다. 그래, 집에 갈 때까지 조용히 숨어 있자. 그럼 엄마도, 아빠도 마주치지 않겠지.

아유무는……. 아유무는 좀 보고 싶은데. 잘 있을까? 얼마나 컸을까? 말이 좀 늘었을까?

그런데 그때 안내 방송이 들렸다.

"오늘도 레인보우 파크를 찾아 주셔서 감사합니다. 어린이를 찾고 있습니다. 주황색 티셔츠를 입은 '이케야 아유무'라는 남자아이를 보신 분은 안내 센터 또는 가까운 직원에게 알려주십시오……."

"이케야…… 아유무……?"

나도 모르게 걸음이 멈췄다. 잘못 들은 게 아니야. 아유무를 찾고 있어. 왜지? 미후랑 같이 있는 게 아니었나? 대체 무슨 일이지……?

"니토리!"

이름을 부르는 소리에 놀라 뒤를 돌아보니, 미후가 숨을 헐떡이며 서 있다.

"니토리, 아유무를, 잃어버렸어……!"

"이…… 잃어버리다니 무슨 소리야? 미후 니가 어떻게든 할 줄 알았는데……."

"정말…… 정말 미안해. 잠깐 눈을 뗀 사이에, 아유무가 없어져 버려서……. 나, 나 때문이야."

덜컹.

그 말을 듣는 순간, 잊고 있던 기억과 함께 심장이 쿵 떨어졌다.

— 내 때문에…… 내가 한눈을 팔아서…….

"아……."

떠올리고 싶지 않은 기억이 새까만 그림자가 되어 스멀스멀 나를 집어삼키기 시작했다.

"니토리, 같이 아유무를 찾으러 가자."

미후의 말을 듣자마자 반사적으로 소리쳤다.

"싫어!! 그 사람들은 내를 버렸다니까!"

동시에 미후를 등지고 달리기 시작했다.

"니토리!"

미후의 목소리가 등 뒤에 따라붙었다. 몰라, 몰라! 알 게 뭐야! 도망치고 싶은 마음에 정신없이 놀이공원 안을 달렸다.

일곱 색깔 계단을 단숨에 뛰어 내려와, 장미 정원 앞을 지나, 팝콘 가게 모퉁이를 도는데…… 그늘에서 갑자기 누군가 튀어나왔다.

"잡았다!!"

"으아앗?!"

도망 실패. 꼼짝없이 이치카에게 붙잡혀 버렸다.

"미후한테 들었어. ……버림받았다니, 그게 무슨 소리야?"

숨이 차서 목구멍 안쪽이 따끔따끔 아프다. 아니, 사실은 마음이 아픈 걸까?

이치카에게 안겨 눈을 감자, 눈꺼풀 속에 희미한 빛이 둥실둥실 떠다닌다. 떠오르는 기억에 뜨거웠던 머리도 점점 식어 간다.

"하아……. 하아……. 니, 니토리……. 이치카……."

등 뒤로 들리는 미후의 숨 가쁜 목소리. 열심히 뒤따라왔구나. 이치카와 미후에게 부축을 받으며 벤치에 앉았다. 바로 옆에 있는 분수에서 시원한 물줄기가 솟아올랐다.

이제 도망칠 기운도, 체력도 없다. 지금까지 계속 숨겨 왔는데…… 말해야 할 때가 된 걸까.

"전혀 즐겁지 않은 옛날 이야기인데 들어 볼래……?"

🏠 니토리의 과거

내가 '이케야 니토리'가 된 건 네 살 때였어. 엄마 아빠의 친딸이 아니라는 사실은 처음부터 알고 있었지. 하지만 엄마도, 아빠도 정말로 내를 친딸처럼 예뻐하고, 아껴 줬어.

공개수업 때는 꼭 학교에 와서 발표하는 내를 칭찬하고. 운동회 때는 창피할 정도로 열심히 응원해 주고. 바다에도 가고. 별을 보러 가기도 했지.

그러다 초등학교 1학년 때였나? 물어본 적이 있어.

"내를 낳은 엄마가 '니토리는 내 딸이에요. 니토리를 돌려줘!' 하고 집으로 찾아오면 어떻게 할 거야?"

그러자 엄마는 울 것 같은 표정으로 변하고, 아빠는 무섭게 눈을 부릅떴어. 두 사람이 말했지.

"니토리는 무슨 일이 있어도 우리 딸이야! 절대로 아무한테도 못 준데이."

그 말을 듣고 정말 기뻤어. 엄마가 우리 엄마가 되어서 다행이야. 아빠가 우리 아빠가 되어서 다행이야. 진심으로 그렇게 생각했지.

어느 날은 아빠가 갑자기 운동을 시작하더니 이렇게 말하더라.

"내 가족은 내가 지킬 기다! 나쁜 놈들은 내가 가만 안 둔데이."

'가족을 지킨다'는 말은 아빠의 말버릇이야. 아빠는 재미있고, 듬직했지만…… 생각이 좀 극단적이었어. '흰색 아니면 검은색', '적 아니면 아군', '모 아니면 도'. 이렇게 극과 극이었지. 뉴스를 볼 때도 범죄자들은 다 사형에 처해야 한다고 할 정도로.

엄마는 다정하고, 섬세했지만……. 좀 어린아이 같은 면이 있었어. 그리고 걱정이 정말 많았지. 건널목 앞에서 기다릴 때마다 멀리 떨어져서 내 손을 꼭 잡고 이렇게 중얼거렸거든.

"만약…… 만에 하나라도 무슨 일이 생기면…… 우야믄 좋노."

맞아, 엄마의 말버릇은 '만에 하나라도 무슨 일이 생기면'이었어.

아, 이야기가 딴 데로 샜네. 그러니까…… 내가 초등학교 3학년 때, 엄마에게 아기가 생겼다는 걸 알게 됐어. 엄마는 원래 몸이 약해서 병원에서도 아기는 포기하라고 했었는데 기적처럼 아기가 생긴 거야. 그렇게 태어난 아기가 아유무야.

내한테 동생이 생길 거라고는 생각도 못 해서 정말 기뻤어. 하지만 엄마는 불안해 보였어. 갓난아기는 사소한 실수도 위험할 만큼 연약하니까. 잠깐 눈을 뗀 사이에 큰일이 날 수 있고. 그래서 더 걱정이 됐나 봐.

그즈음 아빠가 바빠져서 늦게 들어오는 날이 많아지니, 엄마는 더 불안해하는 것 같았어. 그래서 할머니가 집안일을 도와주러 오셨는데, 나를 좋아하지 않았던 것 같아. 늘 이렇게 말했거든.

"니토리, 도와주지 않아도 되니 밖에서 놀그라."

그래서 밖에서 놀다 돌아오면 또 이렇게 말했지.

"니토리는 밖에서 놀다 와서 보이지 않는 균이 묻어 있을 테니, 아유무를 만지면 안 된데이."

어떻게든 나를 아유무와 엄마한테서 떨어뜨리려는 것 같았어. 어느새 할아버지도 나를 못 본 척하고. 그렇게 조금씩, 조금씩…… 뭔가 달라지는 게 느껴졌지.

그건 그렇고, 혹시 알고 있어? 아기는 엄청나게 빨리 커. 한 살이 되면 걷기 시작하고, 두 살이 되면 말을 해. 뭐, 아유무가 자란 후에도 엄마 아빠나 할머니 할아버지나 여전했지만…….

그러다가…… 사건이 일어났지.

가을에서 겨울로 넘어가던 무렵이었어. 내는 초등학교 5학년, 아유무는 두 살 정도? 엄마가 아유무를 돌보느라 힘들다는 걸 알고 있었으니까 아유무를 데리고 아파트 근처에 있는 공원에 놀러 가기로 했어.

"오늘은 내가 아유무를 돌볼게! 엄마는 좀 쉬어요."

자신 있게 얘기했는데…… 잠깐 눈을 뗀 사이에 아유무가 넘어져 버린 거야. 하필 넘어진 곳에 돌이 박혀 있어서 아유무의 이마가 크게 찢어졌어.

피가…… 으, 별로 떠올리고 싶지 않아. 너무 놀라서 그날 이후 피를 보는 게 힘들어졌거든.

아무튼 바로 엄마한테 말했고, 엄마는 창백해진 얼굴로 아유무를 병원에 데리고 갔어.

이마를 두 바늘 꿰맸지만, 다행히 달리 다친 데는 없었어. 하지만 내는 울면서 엄마 아빠에게 말했지.

"내 때문에…… 내가 한눈을 팔아서……. 죄송해요……!"

엄마도, 아빠도. 뒤늦게 병원에 도착한 할머니도, 할아버지도. 내한테 아무 말도 하지 않았어. 하지만 그날 이후로 뭔가 바뀌었어.

내가 있을 곳이 없어져 버린 거야. 내는 절대로 아유무 옆으로 갈 수 없었어.

아마 엄마 아빠는 실망했던 거겠지. 내가 야무지지 못해서 더는 아유무를 맡길 수 없다고 생각했을지도 몰라. 그렇다고 아유무와 얘기도 못하게 하다니 좀 이상했지만, 아무 말도 할 수 없었어.

하지만 그게 시작이었어. 엄마 아빠가 봄방학부터 학원에 다니면서 중학교 입시 준비를 하라고 했거든.

내가 다니던 초등학교는 중학교와 고등학교까지 이어져 있는 사립 학교였어. 당연히 부속 중학교에 진학할 줄 알았는데 입시라니 황당했어. 친한 친구들과도 다 헤어지게 되잖아. 하지만 아무 말도 못했어.

늦은 밤이 되어서야 학원에서 집으로 돌아오는 날이 늘었어. 밥도 혼자 먹을 때가 많아졌고. 그래도 아무 말도 못했지.

……왜냐고? 무서웠으니까. 어렴풋이 느꼈거든. 엄마 아빠가 내를 피하는 거 아닐까? 내를 싫어하는 거 아닐까?

지금 생각하면 그 느낌이 맞았던 것 같아. 다만 그때는 믿고 싶지 않았을 뿐.

피하다니, 싫어하다니. 그럴 리가 없어. 아유무한테 다가가지 못하는 것도 어쩔 수 없잖아? 한눈을 판 내 잘못인걸. 중학교 입시는 엄마 아빠가 내 앞날을 생각해서 그러는 거야.

하지만 만약 엄마 아빠가 내를 피하는 게 맞다면, 내를 싫어하는 거라면…… 내는 어떻게 하면 좋지?

그때마다 스스로에게 되풀이해서 말했어. 아니야, 절대 그럴 리 없어! 무슨 일이 있어도 내는 엄마 아빠 딸이라고 그랬잖아.

혼자 있을 때면 항상 이어폰을 꽂고, 스왈로우테일 노래만 들었어. 그리고 친엄마가 남겨 준 빨간 하트 목걸이를 부적처럼 가지고 다니면서 가끔 멍하니 바라보곤 했지.

그런 내한테도 아직 희망이 남아 있었어. 바로 중학교 입시. 합격만 하면 다 괜찮아질 거라고 생각했지.

돌이켜 보면 왜 그렇게 생각했는지 모르겠어. 하지만 중학교에 합격만 하면 엄마도, 아빠도 내를 다시 봐 주고, 아유무와도 놀 수 있게 되고, 모든 게 잘되지 않을까 싶었어. 그래서 더 열심히 공부하면서 중학교 입시를 무사히 끝냈어.

그렇게 합격 발표가 난 추운 겨울날, 혼자 결과 발표를 보러 갔다가 한달음에 집까지 뛰어왔어. 멋지게 합격했거든!

"엄마, 아빠, 내 합격했어요!"

그렇게 외치며 집으로 뛰어 들어갔더니…… 엄마, 아빠, 할머니, 할아버지 넷이 소파에 앉아서 내를 기다리고 있었어.

그리고…… 축하는커녕 가라앉은 분위기 속에서 아빠가 말하더라.

"니토리, 아빠는 봄부터 도쿄에서 일하게 됐다. 그러니 중학교 기숙사에 들어가그라."

뭐? 온몸이 오싹해졌어. 엄마 아빠랑 아유무는 도쿄로 간다고? 내가 합격한 학교는 오사카에 있고, 당연히 기숙사도 오사카에 있는데……. 내 혼자서만 가족과 헤어진다는 거야?

"그럴 수가…… 시, 싫어요……!"

그제야 떨면서 간신히 내 마음을 말했지만, 너무 늦었지.

"싫다니, 그게 무슨 소리고? 엄마 아빠도 사정이 있는 기다."

할아버지가 엄하게 말했어.

"니토리, 지금까지 키워 줬으니 착하게 하라는 대로 하그라."

할머니도 타이르듯 말했지. 엄마 아빠는 가만히 있었어. 내 편은 들지도 않고 그저 가만히. 불길한 예감이 갑자기 현실이 된 거야.

비유가 아니라 정말 눈앞이 캄캄해지더라.

1월이 지나고, 2월이 되었어. 내는 아무런 희망 없이 기숙사에 가져갈 짐을 조금씩 쌌어.

이렇게 가족과 헤어지는 걸까? 이대로 어른이 되면 내는 외톨이가 되는 걸까? 내는 낳아 준 부모에게도, 길러 준 부모에게도 버림받는 걸까?

생각해 보면 갑자기 도쿄에서 일하게 되는 건 이상해. 분명히 처음부터 계획된 거였겠지. 중학교 입시는 내를 기숙사에 보내려고 그랬을 테고.

대체 왜? 엄마도, 아빠도 왜 그랬지? 둘 다…… 둘 다…… 정말 싫어!

그렇게 우울하게 지내던 어느 날이었어.

집으로 찾아온 복지부 공무원이 엄마, 아빠, 내한테 '중학생 자립 지원 프로그램'에 대해 설명해 줬어. '어른 없이 아이들끼리 한집에서 산다'는 말이 정말 근사하게 들렸어. 마음대로 아이를 버리는 어른은 싫다고 질려 있던 참이기도 했고.

내는 바로 어른들한테 외쳤어.

"프로그램에 참가할게요! 그리고 내는 이제 '이케

야' 말고 '미야비'로 돌아갈래요! 다시 미야비 니토리
가 될 거야!"

솔직히…… 성씨를 바꾸면서까지 집을 나가겠다고
하면, 엄마 아빠가 내를 붙잡지 않을까 하고 살짝 기대
했어.

하지만…….

"내…… 내는…… 우야면 좋을지…….'

엄마는 늘 그렇듯 불안한 표정으로 중얼거렸어.

"어쩌면 이게 니토리를 위한 걸지도 모른다."

아빠는 이해한다는 표정으로 고개를 끄덕였어.

그때 알았어. 사실은…… 다들…… 그랬구나…….
더는 견딜 수 없었어. 그렇게 내는 법적으로도 더 이상
엄마 아빠의 딸이 아니게 됐지.

그러니까…… 버림받았다는 얘기야.

🏠 12 생각은 나중에

쏴아아아아아아⋯⋯.

작은 분수에서 쏟아지는 물소리가 무거운 침묵을
채웠다. 나는 가슴이 아파서 아무 말도 할 수가 없었다.

지금까지 니토리가 조금 이상해 보였던 적은 몇 번
이나 있었어. 백화점에서 엄마, 아빠, 어린 남자아이로
이루어진 가족을 어두운 눈으로 바라봤을 때.

— ⋯⋯아니다, 관둘래.

엄마가 보낸 편지를 갈기갈기 찢어 버렸을 때.

— 웃기고 있네! 사정은 무슨 사정이야!

우라라 아줌마를 쫓아냈을 때.

— 더는 싫단 말이야⋯⋯ 가족인데 헤어지고⋯⋯
어른들 때문에 이리저리 옮겨지는 물건 취급당하는
건⋯⋯.

이제야 알겠어. 모두 힘든 과거 때문이었다는 걸.

"……왜 말하지 않았어? 전에 내가 너한테 심한 말을 했잖아. '사랑받고 자랐으니까 그런 말을 할 수 있는 거'라고."

이치카가 괴로운 목소리로 물었다.

"괜찮아. 이제 신경 안 써."

니토리는 이치카의 모습에 조금 놀란 것 같다. 이치카가 계속 말했다.

"내가 신경 쓰여. 그런 일이 있었다니……. 왜 말하지 않은 거야?"

"왜라니…… 말할 생각 없었어. 엄마 아빠를 만날 일은 두 번 다시 없을 줄 알았으니까."

"계속 숨기면서 너 혼자 상처를 끌어안고 있으려고? 너만 상처받으면 된다고 생각했어? 그러지 마. 우린…… 우린 자매인데, 나는 아무것도 모르고. 아무것도 못하고. 오히려……."

말을 이어 가던 이치카가 울먹거리기 시작했다.

"미안해 니토리……. 화내는 게 아니야. 어떻게 하면 좋을지 모르겠어서……."

니토리 대신 이치카가 울고 있는 것 같다. 똑같이 생겨서 더 그렇게 보이는 걸까.

— 너는 사랑받고 자랐으니까 그런 말을 할 수 있는 거야!

화가 나서 내뱉었던 그 말이 니토리에게 깊은 상처를 줬다는 사실을 깨달아서……. 이치카는 후회되는 거겠지.

"왜 울고 그래. 내는 전혀 신경 쓰지 않는데."

니토리가 살짝 웃으며 이치카의 어깨를 끌어안았다.

하지만 누구보다 괴로운 사람은 니토리일 거야. 나는 니토리의 등에 살짝 손을 얹었다.

그렇게 분수 옆에 앉아 있는데 가까이에 있는 스피커에서 다시 방송이 흘러나왔다.

"오늘도 레인보우 파크를 찾아 주셔서 감사합니다. 어린이를 찾고 있습니다. 주황색 티셔츠를 입은 '이케야 아유무'라는 남자아이를 보신 분은 안내 센터 또는 가까운 직원에게 알려주십시오……."

아직도 아유무를 못 찾았구나. 나도, 이치카도, 그리고 니토리도 말없이 고개를 들었다.

어떡하지……. 조금 망설여졌다. 니토리와 함께 아유무를 찾으면 분명 양부모님과 마주치게 될 거야. 그럼 니토리가 힘들어질 텐데. 하지만…….

"아유무가…… 그랬어. '니토 누나 좋아, 누나야 보고 싶어.'라고 했어."

내가 머뭇거리다 말했다. 아유무는 나를 보고 정말로 기뻐했는걸. 헤어져 있었지만 누나를, 니토리를 계속 좋아했던 거야. 그러니까 니토리도 아유무를 좋아하지 않을까?

잠시 후, 니토리는 결심한 듯 단호한 표정으로 자리에서 일어났다.

"아유무를 찾으러 가자."

"니토리…… 괜찮겠어?"

이치카가 걱정스럽게 묻자, 니토리는 힘차게 고개를 끄덕였다.

"아유무는 아무 잘못도 없잖아. 이렇게 옛날 일을 생각하고 있을 때가 아니야. 지금은 아유무만 생각할래!"

니토리의 씩씩한 모습에 나와 이치카도 힘차게 고개를 끄덕였다.

아유무를 찾기 위해 우리는 레인보우 파크 지도를 펼쳤다. 이렇게 보니 꽤 넓구나. 아유무는 대체 어디에 있을까?

"아유무가 갈 것 같은 곳은 있어?"

이치카가 묻자, 니토리는 고개를 갸웃했다.

"음……. 아마 아유무는 오늘 처음 놀이공원에 왔을

거야. 좋아할 만한 놀이기구 같은 건 알 수 없고…….

어디 있을지 모르겠네…….”

“음…….”

점점 아유무가 걱정되기 시작했다.

“혼자 울고 있으면 어쩌지……?”

“아니, 그렇진 않을 거야. 아마도.”

“왜?”

내가 묻자, 니토리는 살짝 웃으며 대답했다.

“아유무는 미아가 되는 게 익숙하거든. 아무렇지 않
게 혼자 마음대로 가다가 자주 길을 잃어버리곤 했어.
마음에 드는 걸 발견하면 바로 뛰어가니까…….”

그러고는 살짝 가라앉은 목소리로 말을 이었다.

“……그날도 그랬어. 공원에 잔뜩 쌓인 낙엽을 보자
마자 ‘톡토이!’ 하고 갑자기 뛰어갔거든.”

“‘톡토이’?”

“도토리를 말하는 거야. 귀엽지? 그러다가 넘어져서
이마를 다쳤지만.”

아, 니토리의 이야기를 들으니 생각났다!

“저…… 니토리. 니토리의 양부모님은 니토리가 아

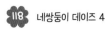

유무를 질투해서 밀쳤다고 알고 있어. 오해인 거지?"

내 말에 니토리의 눈이 동그래졌다.

"뭐? 무슨 소리야, 그게……! 내는 그런 짓 절대 안 해! '한눈을 팔았다'고는 했지만 밀치다니. 그때 제대로 설명했는데 왜……."

역시 오해였구나. 왜 그런 오해가 생겼을까? 걱정됐지만, 니토리는 망설임을 털어내듯 머리를 흔들었다.

"아냐, 아냐. 지금은 먼저 아유무를 찾아야 해!"

"응. 어린 남자아이가 좋아할 만한 곳이라……. 지도를 보니 그 또래 아이가 탈 만한 놀이기구는 남쪽에 모여 있는 것 같아."

"앗, 맞아! 아유무는 비행기를 좋아했어."

기억을 끄집어낸 니토리가 말하자, 이치카는 바로 지도를 가리켰다.

"그럼, 여기. '빙글빙글 플레인'은 어때? 비행기 모양 놀이기구야. 이쪽으로 가 볼까? 좀 멀지만……."

비행기를 좋아한다……. 그것만으로는 단서가 좀 부족해. 이럴 때 시즈키가 있으면 든든할 텐데…….

어? 그러고 보니…….

"이치카, 시즈키는?"

"아앗!! 완전히 잊고 있었어!"

푸드덕푸드덕……!

이치카의 비명에 근처에 있던 비둘기들이 날아올랐다. 이, 이치카도 잊어버릴 때가 있구나…….

"이치카도 잊어버릴 때가 있네……."

니토리가 중얼거리자, 이치카는 머리를 감싸 쥐고 한숨을 쉬었다.

"하……. 왜 이러지. 까맣게 잊고 있었네. 시즈키는 괜찮을까? 지금 나오유키랑 둘이 있는데."

"뭐!? 둘이? 안 된다고 했잖아! 절대 안 돼!"

푸드덕푸드덕……!

니토리의 고함에 비둘기들이 다시 날아올랐다. 놀란 모습이 어쩐지 나와 조금 닮은 것 같다…….

"일단 전화해 볼게……."

이치카가 휴대폰을 꺼냈다.

13 시즈키와 관람차

"……."

"……."

저, 시즈키는 나오유키와 함께 관람차가 보이는 벤치에 앉아 있어요. 우리 둘 사이에 한 사람이 더 앉을 수 있을 만큼 떨어져 있지만요.

"저기……. 혹시 덥거나 춥지는 않나요?"

침묵 속에서 나오유키가 먼저 말을 걸었어요.

"아뇨, 괜찮아요."

"목마르다거나, 배고프다거나……?"

"그것도 괜찮아요."

"그럼 다행이에요."

제 대답에 나오유키는 안심한 듯 중얼거렸어요.

"......"

"......"

다시 돌아온 침묵 속에 요동치던 심장이 진정되는 게 느껴졌어요. 우리가 이렇게 된 이유는…… 지난번에 벌어진 사건 때문입니다. 나오유키가 노래 가사를 적은 메모지를 집에 떨어뜨렸는데, 그걸 본 나오유키의 누나, 안이 우리 네쌍둥이가 나오유키를 괴롭힌다고 오해했었죠.

니토리 언니는 그 메모를 '연애편지'라고 불렀고, 이치카 언니도 이렇게 말했어요.

— 괴롭힘 때문에 힘든 게 아니라 사랑의 아픔 때문에 힘들었던 거야?

왜 다들 사랑이라고 생각하는 걸까요? 그냥 노래 가사일 뿐인데. 나오유키는 아무 뜻 없이 적었을 텐데. 다들 오해하고 있습니다. 저 같은 사람을 좋아하는 사람이 있을 리가 없잖아요.

하지만…… 나오유키가 저를 싫어하는 것 같지는 않아요.

왜냐하면 나오유키는 체육 시간에 코피를 흘리고 있던 저를 보건실까지 데려다주었거든요. 그날 일에 대해 나쁘게 말한 적도 없고요.

초등학교 때였다면 제가 코피를 흘렸다는 소문과 함께 '코피쟁이' 같은 이상한 별명이 생겼을 거예요. 그렇게 되지 않은 건…… 나오유키가 착하고 좋은 사람이기 때문이에요. 아까부터 계속 신경을 써 주는 것 같고요. 그런데도…….

"……."

"……."

정말이지, 저는 최악이에요. 제대로 말도 걸지 못하다니. 이치카 언니가 분명히 다시 온다고 했으니, 여기서 계속 기다리는 편이 좋겠죠.

하지만 모처럼 놀이공원에 왔는데, 어색한 분위기 속에서 같이 기다려 주는 나오유키에게 조금 미안해요……. 가까이 있는 건 관람차뿐인데……. 이거라도 타는 게 좋을까요?

그런데 갑자기 아까 들은 이야기가 떠올랐어요.

─ 하긴, 커플한테 딱 맞는 놀이기구잖아.

사람들 눈에 관람차는 커플이 타는 놀이기구……인 걸까요? 나오유키와 둘이서 관람차를 타면 커플로 오해받을 거예요. 그럼 나오유키도 불편할 테고요. 저를 싫어하게 될지도 몰라요.

아니…… 설령 싫어하게 된다고 해도 그냥 원래대로 되돌아가는 것뿐이지만요. 우리는 아무 사이도 아니니까요. 안과 언니들은 친한 사이니, 언니들은 조금 불편해질 수도 있겠어요.

하지만 솔직히…… 나오유키가 저를 싫어하지 않았으면 좋겠어요.

"이치카가 늦네요……."

나오유키가 중얼거리자 저도 고개를 끄덕였어요.

"그렇네요."

그러고 보니 이치카 언니는 왜 우리만 두고 가 버린 걸까요? 나오유키와 둘만 남겨져 긴장하고 있던 탓에 가장 중요한 사실을 잊고 있었네요.

아까 그 전화는 미후 언니가 분명해요. 휴대폰 화면

이 얼핏 보였거든요.

— 남동생이라니?

이치카 언니가 분명히 이렇게 물었는데 무슨 말일까요? 열심히 추리해 봐야겠어요. 남동생…… 나이가 어린 남자…… 어린 남자아이……?

앗, 아까부터 안내 방송이 나왔었죠. 미아가 된 아이는 '이케야 아유무'라는 남자아이…….

이케야?

"앗!"

왜 더 빨리 눈치채지 못했을까요? 이케야는 니토리 언니가 입양됐을 때의 성씨인데. 즉, 이치카 언니가 말한 '남동생'은 '니토리 언니의 남동생'……?

"무, 무슨 일이에요?"

나오유키가 저를 보면서 놀란 눈을 깜박였어요.

"아…… 아니…… 아무것도……."

바로 얼버무렸지만, 머릿속은 아주 바빠졌어요. 니토리 언니의 남동생이라니, 하필 오늘 이곳에서 우연히 만나는 일이 일어날 수 있을까요? 같은 이름을 가진 다른 사람일 가능성도…….

삐로로로로로로! 삐로로로로로로!

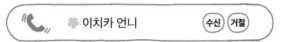

휴대폰이 울렸어요. 이치카 언니의 전화입니다! 저는 재빨리 버튼을 눌렀어요.

"시즈키, 이치카야. 그렇게 내버려두고 가서 미안! 있잖아, 지금…….."

"니토리 언니의 남동생이 미아가 된 거죠?"

곧바로 묻자, 전화 너머가 조용해졌어요. 잠시 후에 들려온 건, 말문이 막힌 듯 놀란 목소리.

"시…… 시즈키."

"시즈, 그걸 어떻게……?"

미후 언니와 니토리 언니의 목소리예요. 셋이서 니토리 언니의 남동생…… 아유무를 찾고 있는 거겠죠.

"안내 방송이 나오길래 혹시나 했어요. 너무 늦게

알아서 미안해요."

"아니, 아니…… 그게 아니라 아무 단서도 없이 그걸 눈치채다니 역시 시즈키네. 사실은……."

이치카 언니가 간단히 설명해 주었어요. 니토리 언니가 양부모님한테 버림받았다니……? 그 이야기도 걱정스럽지만…….

"……그렇게 됐어. 니토리 이야기는 나중에 자세히 말해 줄게. 지금은 먼저 아유무를 찾아야……."

"내한테 바꿔 줘! 시즈, 내 니토리야. 지금 아유뮤가 어디 있을지 셋이서 추리하고 있어. 아유무는 비행기를 좋아하니까 '빙글빙글 플레인' 근처에 있지 않을까 생각했는데……."

저는 이야기를 들으며 레인보우 파크 전체 지도를 머리에 떠올렸어요. '빙글빙글 플레인'은 회전목마와 회전 컵 근처에 있는 놀이기구예요.

"……그 근처에 아유무가 있을 가능성은 낮아 보여요."

"응? 왜?"

"아까부터 안내 방송이 두 번이나 나왔잖아요? 아유무가 '빙글빙글 플레인' 근처를 헤매고 있다면 이미 누군가 발견하지 않았을까요? 거긴 사람들도 많이 지나다니고, 직원들도 서 있는 곳이니까요."

"앗, 역시 그런가? 그, 그럼 아유무는 사람이 없는 데에 있을까? 건물 뒤나 화장실 구석 같은 곳?"

"그 가능성도 무시할 수는 없어요. 어린아이는 행동을 예측하기 어려우니……. 어쨌든 아유무는 니토리 언니를 찾고 있다는 거죠?"

"으, 응. 아마 그럴 거야. 내가 말했거든. 니토리는 다른 데에 있다고."

이번에는 미후 언니가 대답했어요.

"그렇다면 아유무는 니토리 언니와 추억이 있는 곳…… 아니면 그런 곳과 비슷한 장소로 가지 않았을까요? 누나를 만날 수 있을 거라는 생각에……. 거기까지 생각하지 못했더라도, 기억과 비슷한 장소라면 친근한 느낌이 들어서 저절로 그쪽으로 움직일 가능성도 있어요. 짐작 가는 곳은 없나요?"

"추억의 장소……."

니토리 언니는 아유무와 지냈던 기억을 더듬어 보고 있는지, 잠시 후 말했어요.

"추억이라고 하니까 생각나는 건…… 아유무랑 아파트 근처 공원에 자주 놀러 갔던 거."

아파트 근처 공원……. 레인보우 파크에 공원 같은 곳이 있다면 어디일까요? 아직은 정보가 부족해요.

"니토리 언니, 그 공원은 어떤 공원이었어요?"

"음…… 나무! 나무가 많았어. 우리가 사는 아파트 바로 옆에 있는 공원이었는데, 도시라고 생각되지 않을 정도로 나무가 많았어. 오히려 지나칠 정도였달까. 안으로 들어가면 좀 어둑어둑하고, 작은 냇물도 흐르고……. 아유무가 그 공원을 정말 좋아했어."

"와, 멋진 공원이네……."

미후 언니의 중얼거림이 들렸습니다. 확실히 평범한 공원은 아니네요.

"공원이라기보다…… 숲에 더 가까웠어."

"숲?"

그 한마디에 깜짝 놀라 저는 앞을 바라보았어요. 관람차 너머에 있는 출입이 금지된 '숲속 놀이터'……!

거기라면 니토리 언니가 말하는 공원과 비슷하지 않을까요? '사람이 많지 않은 곳'이라는 추리와도 맞아떨어지는 장소예요.

'숲속 놀이터'는 꽤 넓으니까 높은 곳에서 내려다보며 찾는다면……. 그리고 높은 곳은…… 지금 눈앞에 있어요!

"제가 관람차를 탈게요!"

"어?"

"지금 관람차를 타고 아유무를 찾아볼게요."

"자, 잠깐만 시즈……."

전화 너머로 놀란 목소리가 들렸지만, 자세한 설명은 나중에 해도 되겠죠. 저는 바로 벤치에서 일어나 관람차 줄로 향했어요.

"자, 잠깐만요!"

앗! 뒤에서 부르는 소리에 저는 우뚝 멈췄어요. 나오유키와 같이 있었다는 사실을 완전히 잊고 있었어요……. 하는 수 없이 천천히 돌아섰어요.

"저, 시즈키……."

예상대로 나오유키는 망설이는 표정이에요. 아마 제가 전화하는 내용을 다 들었겠죠. 니토리 언니의 남동생이나 관람차를 타려는 이유를 물을 게 분명한데 어떡하죠……?

긴장한 저에게 나오유키는 숨을 크게 들이마신 후 소리쳤어요.

"저, 저도 같이 관람차에 탈게요!"

"네?"

"앗, 아니…… 그런, 그런 게 아니고…….."

빨개진 얼굴로 손사래를 치는 나오유키는…… 아주 부자연스러워요. 안타까울 정도로 당황한 모습을 보니 오히려 조금 차분해졌어요. 지금이라면 설명할 수 있겠어요.

"관람차에 타는 건…… 방송에서 찾는 아이가…… '숲속 놀이터'에 있을지도 몰라서…… 관람차에서 내려다보면서 찾아보려고…….."

말할 수 있는 건 겨우 그것뿐. 하지만 나오유키는 고개를 끄덕이고는 빠르게 말했어요.

"그, 그렇죠? 아까 '미아'와 '숲'이라는 말이 들려서 그렇지 않을까 싶었어요. 그 숲이라면 제가 가 본 적이 있으니까, 도움이 되지 않을까……. 아, 안 되나요?"

동시에 나오유키와 눈이 마주쳤어요. 역시 착하고 좋은 사람인 것 같아요. 저랑 조금 비슷한 느낌도 들고요. 이제 망설임이 사라졌어요.

"그, 그럼…… 같이 가요!"

아유무가 위험할지도 모르고, 급한 상황이니까 사람이 많은 편이 좋겠죠. 지리를 아는 사람이면 더 든든할 테고요.

의문을 품을지도 모르지만…… 뭐, 그때는 그때 가서 생각해도 늦지 않을 거예요.

동시에 이치카 언니가 전화 너머로 말했어요.

"시즈키, 시즈키의 추리가 맞는 것 같아. 같이 찾는 편이 나으니까 우리도 그쪽으로 갈게. 전화는 통화 상태로 놔 두자."

"알겠어요!"

그렇게 나오유키와 저는 관람차 줄에 섰어요.

생각해 보니, 관람차를 타는 건 태어나서 처음이에요. 금방 우리가 탈 하얀 곤돌라가 다가왔어요.

"먼저 타요."

나오유키의 말에 흔들리는 곤돌라에 조심조심 발을 디디고……폴짝 뛰어 안으로 들어갔어요. 나오유키까지 타고 나자, 직원이 문을 닫아 주었어요.

관람차 안은 상상했던 것보다 훨씬 좁아서 벤치에 앉아 있을 때보다 사이가 더 가까워졌어요. 나오유키의 키가 커서 더더욱 좁게 느껴지는 걸까요?

둘이 타면 커플로 보일 수도 있지만……. 지금은 그런 걸 신경 쓸 상황이 아니니까요.

우리를 태운 관람차는 조금씩, 조금씩, 답답한 속도로……. 하지만 확실히 위로, 위로 올라갔어요. 어느새 '숲속 놀이터' 전체가 보이기 시작했죠.

아유무가 여기에 있을까요? 저도, 나오유키도 유리창에 붙어 우거진 나무 사이를 살폈어요.

그때 나오유키가 작게 외쳤어요.

"앗, 저 안쪽에 뭔가 보였는데……."

저도 같은 방향으로 고개를 돌렸어요. 나뭇잎과 나뭇가지에 가려진데다가 시력이 나빠서 선명히 보이지는 않지만, 눈에 띄는 색깔이 움직이는 게 보였어요.

저건⋯⋯ 틀림없어!

저는 휴대폰에 대고 소리쳤어요.

"있어요! 주황색 옷을 입은 아이! '숲속 놀이터' 안
쪽이에요!"

14 아유무를 찾아라!

— 있어요! 주황색 옷을 입은 아이! '숲속 놀이터'
안쪽이에요!

휴대폰에서 시즈키의 목소리가 들렸다. 관람차 옆에
있는 숲. 그 숲에 아유무가 있다!

"가자!"

"그래."

"응."

동시에 고개를 끄덕인 우리는 달리기 시작했다.

"찾아서 다행이야……!"

내가 달리면서 말하자, 이치카가 목소리를 낮춰 대
답했다.

"아직 안심하기엔 일러. 숲이 꽤 넓어 보였고, 오래
된 기구들도 있다고 나오유키가 그랬거든."

앗, 낡은 기구에 다가갔다가 다칠 수도 있겠어.

"아유무……!"

니토리가 중얼거리며 더 빠르게 달렸다.

"저기야……!"

드디어 '숲속 놀이터'가 보였다. 입구에는 출입 금지 안내문이 서 있고, 들어가지 못하도록 줄이 둘러져 있다. 하지만 지금은 긴급사태. 이 안에 길 잃은 아이가 있는데, 어른을 불러올 시간조차 아깝다.

"들어가자!"

니토리부터 차례차례 줄을 넘어갈 때였다.

"언니들!"

"쌍둥이들."

관람차 쪽에서 시즈키와 나오유키가 달려왔다.

"둘 다 정말 고마워!"

이치카가 인사를 건네는 동안 시즈키와 나오유키도 주저하지 않고 줄을 넘어왔다.

"아유무가 있던 데가 어디야?"

"숲 안쪽…… 이 근처예요. 벌써 다른 곳으로 갔을지도 모르지만……."

나오유키가 숲 앞에 설치된 오래된 지도 속 파란 부분을 가리키자, 니토리의 얼굴이 창백해졌다.

"여긴……!"

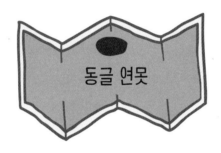

동글 연못

불길한 상상에 나는 숨을 삼켰다. 위험해! 연못에 빠지기라도 한다면……!

"아유무!!"

니토리가 뛰기 시작했다. 우리도 뒤를 따라갔다. 제발, 아유무가 무사하길!

"아유무! 아유무!"

우리는 목청껏 외치며 숲속을 뛰어다녔다.

"아유무! 아얏!"

콰당!

갑자기 니토리가 넘어지고 말았다.

"니토리, 괜찮아?"

"아야……. 응. 내는 괜찮아."

말투는 평소와 똑같지만 니토리의 얼굴은 잔뜩 일그러져 있다. 아유무가 걱정돼서겠지. 이렇게 불렀는데도 보이지 않는다니.

"아유무!"

"아유무!"

모두의 목소리에 초조함이 배어 있다.

"아유무는 대체 어디에 있을까……."

"……."

니토리는 대답이 없다. 혹시 아까 넘어질 때 다치기라도 한 걸까? 깜짝 놀라 쳐다보자…… 니토리가 땅바닥에 쌓인 낙엽을 바라보며 잠자코 서 있다.

"니토리……? 왜 그……."

"나오!"

내 물음이 끝나기도 전에 니토리가 큰 소리로 나오
유키를 불렀다.

"네? 왜, 왜요?"

"이 근처에 도토리나무 있어?"

"네? 도토리?"

나오유키가 되물었지만, 니토리의 표정은 진지하다.

……아, 그렇구나!

"아유무는 도토리를 좋아했거든. 둘이서 자주 도토
리를 주우면서 놀았어. 어쩌면……!"

"이, 있어요! 도토리나무! 이쪽이에요."

나오유키가 방향을 가리키자마자 니토리가 바로 달
려갔다. 우리도 곧바로 그 뒤를 따랐다. 가파른 비탈을
넘자 트인 길 끝에…….

"아유무!!"

있다! 나무 밑동에 기대앉아 눈을 감고 있어……!

"아유무, 아유무! 정신 차려!"

니토리가 아유무를 흔들어 깨웠다.

"하암……."

아유무가 눈을 떴다. 다행이야. 잠들었던 거구나.

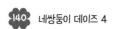

"아유무……!"

니토리가 안심했다는 듯이 미소 지었다. 우리 셋도 방긋 웃으며 동시에 아유무를 불렀다.

"""아유무."""

그러자 우리 넷을 본 아유무의 눈이 휘둥그레지더니…… 작은 입이 점점 벌어졌다.

왜, 왜 그러지? 모두가 당황한 순간, 아유무가 울음을 터뜨렸다.

"으아아아아아앙!"

"왜, 왜 그래 아유무……?"

니토리가 묻자, 아유무는 엉엉 울면서 대답했다.

"니, 니토 누나, 넷이야!"

""""아……! 아하하…….""""

우리는 서로를 보며 쓴웃음을 지었다. 눈을 뜨니 똑같이 생긴 누나가 넷이나 있어서 놀랐구나.

"으아아앙!"

갓난아이 같은 우렁찬 울음소리에 니토리는 되려 안심한 듯 아유무를 꼭 끌어안았다.

"아유무……. 무사해서 다행이야."

아, 직접 보니 알겠어. 니토리는 진짜 아유무의 누나구나. 아유무를 정말 좋아하는구나.

둘의 모습에 왠지 마음이 따뜻해졌다.

🏠15 변명은 그만

아유무가 울음을 그칠 때까지 이치카, 나, 시즈키, 그리고 나오유키는 나무그늘에 숨어 있기로 했다.

"아유무, 목 마르지 않아? 뭐 마실래?"

"훌쩍, 우웅…… 마실래."

니토리는 아유무에게 물통에 든 차를 건넸다.

"니토 누나, 좋아……."

아유무가 중얼거리더니…… 훌쩍거리는 소리가 더는 들리지 않았다. 울음이 그쳤나?

"……이제 나와도 돼."

조심조심 그늘 밖으로 나와 보니…… 아유무는 니토리 품에 안겨 새근새근 잠들어 있다.

"잠들었어. 아픈 데도 없고, 다친 데도 없어서 다행이야. 설마 이런 숲속에 있을 줄이야."

니토리를 따라 나도 미소 지었다. 무사해서 정말 다행이야.

"저……. 미야비 쌍둥이들은 역시 비밀을 숨기고 있었군요."

나오유키의 작은 목소리에 우리 넷이 동시에 나오유키를 바라보았다.

앗……. 역시 들켜 버렸어. 그거야 그렇겠지. 우리는 네쌍둥이인데, 아유무는 니토리 혼자만의 남동생처럼 보였을 테고.

— 설마 니토리만 오사카에 살았어?

안이 이렇게 물었을 때……. 나오유키는 아무 말도 하지 않았지만, 사실은 우리에게 어떤 비밀이 있다는 걸 눈치챘던 걸까?

누구보다도 시즈키의 표정이 가장 굳어 있다.

"저기……."

이치카가 조심스레 말을 꺼내자, 나오유키가 먼저 후다닥 말했다.

"비밀이 뭔지는 모르지만, 말하고 싶지 않거나 제가 불편하다면 저는 먼저 가 볼게요. 하지만 혹시 도움이 필요할 때는 언제든 말해 주세요. 저는 괜찮으니까요. 그럼……."

그러고는 허리를 꾸벅 숙이더니 성큼성큼 뒤돌아 걸어가기 시작했다. 앗, 정말 이렇게 보내도 괜찮을까?

"저……. 나오유키, 고마워요!"

앗! 시즈키가 나오유키를 불러 세우고, 제대로 눈을 마주쳤다. 또렷하게 들리는 시즈키의 목소리. 세상에, 시즈키가 달라졌어!

나오유키는 살짝 웃으며 고개를 끄덕이고는 숲 밖으로 먼저 빠져나갔다.

시즈키와 나오유키. 그 사이에 무슨 일이 있었는지는 모르지만……. 둘은 점점 가까워지고 있구나. 조금씩, 하지만 분명히.

"결론은 엄마 아빠가 내를 버렸다는 거지."

자리를 비켜 준 나오유키 덕분에 니토리는 시즈키에게 과거를 모두 털어놓았다.

"그, 그럴 수가……. 어떻게 그런 일이……."

처음 듣는 이야기에 놀랐는지 시즈키는 대답조차 제대로 하지 못했다. 이치카와 나도 아무 말도 할 수 없었다. 다시 들어도 너무 심한 이야기였으니까.

안내 센터에 가면 니토리는 양부모님과 마주칠 거야. 아유무가 다친 일로 오해가 생긴 것 같은데……. 니토리와 양부모님이 만나도 괜찮을까? 오해를 풀고 화해할 수 있을까?

쿵.

상상만 해도 어깨가 무겁다. 그러고 보니 무거운 건 어깨만이 아니다.

"휴……."

나는 크게 숨을 내쉬었다. 잠든 아이는 정말 무겁네. 아유무를 안고 있는 팔이 후들거린다.

"미후, 이제 내가 안을게. 영차……. 꽤 무겁네."

이치카는 힘이 센 편인데도 역시 무겁구나.

"후후. 그렇지, 그렇지? 아유무는 무럭무럭 자라고 있어. 앞날이 기대돼."

니토리만 싱글벙글하다. 역시 니토리는 웃는 얼굴이

어울려. 나는 니토리의 웃음을 지켜 주고 싶어.

— 만약 그 사람들이 니토리에게 심한 말을 하면…… 우리가 니토리를 지켜 주자.

이치카도 그렇게 말했었지. 응, 무슨 일이 있어도 니토리는 우리가 지킬 거야.

이윽고 놀이공원 정문에 가까워지자 안내 센터가 보였다. 무슨 일이 기다리고 있을지 모르지만…… 여기까지 왔으니 들어가야겠지.

"……다 왔네요."

"들어가자."

"응."

안내 센터 문을 여니 안쪽 방에서 기다리고 있는 아주머니와 아저씨가 보였다.

"아…… 아유무!"

아주머니는 우리를 보자마자 날카롭게 외치고는 잡아채듯이 이치카에게서 아유무를 받아 안았다. 그리고는 울 것 같은 표정으로 아유무를 꼭 끌어안았다.

"아유무……! 다행이데이…… 다행이데이……!!"

"니들이…… 찾은 기가?"

우리는 고개를 끄덕였다. 니토리는 말없이 땅바닥만 쳐다보았다.

"정말 고맙다……! 고맙데이……!"

"덕분에 살았다. 고맙데이."

인사를 하던 아주머니와 아저씨는 이어서 니토리를 바라보았다.

"니토리……. 니가 니토리 맞제?"

아주머니가 묻자, 니토리는 고개를 끄덕였다.

"이런 데서 만나다니…… 참말로 놀랐데이……. 네쌍둥이였을 줄은 생각도 못했다."

"참말이다. 쌍둥이야 가끔 봤지만, 네쌍둥이가 진짜로 있을 줄은 내도 몰랐다 아이가."

아주머니도, 아저씨도 딱히 할 말이 없는 것 같다.

니토리는 잠자코 서 있었다. 하고 싶은 말이 많을 텐데…… . 막상 얼굴을 마주하니 말이 나오지 않는 걸까? 이런 니토리는 왠지 낯설다.

그만큼 니토리도 긴장한 거겠지. 니토리 대신 내가 아유무가 다친 사건에 대해 물어볼까? 아냐, 역시 그건 니토리가 직접 물어봐야겠지…… .

나는 자꾸만 튀어나오려는 말을 꾹 참았다.

"그럼…… ."

"그래. 참말로 고맙데이."

아주머니와 아저씨가 어색하게 인사를 하며 뒤돌아 선 그때였다.

"자, 잠깐만요……!"

니토리가 겨우 소리 내어 외치자, 아주머니와 아저씨가 멈춰 섰다.

"엄마, 아빠. 내는 아유무를 밀치지 않았어요. 아유무가 다쳤던 건…… 아유무가 갑자기 뛰다가 넘어져서 그런 거예요. 제대로 돌보지 않은 건 내 잘못이지만 내는 밀치지 않았어요……!"

아주머니와 아저씨는 놀란 눈으로 니토리를 바라보았다. 머뭇거리며 눈을 피하는 아주머니를 대신하 듯 아저씨가 조용히 말했다.

"이제 와서 그런 얘기를 와 하노? 고마 됐다. 듣고 싶지 않데이."

"왜 내를 믿어 주지 않아요……? 왜 내를 버렸어요?"

니토리가 물러나지 않고 계속해서 묻자, 아주머니가 말하기 거북한 듯 중얼거렸다.

"버린 게 아이다……. 하지만 니를 이해할 수 없게 돼서…… 거리를 두고 싶었데이."

"이해할 수 없다니……? 무슨 뜻이에요?"

"아유무한테 와 넘어졌냐고 물었더니 니토리 니가 밀었다고 말했다 아이가? 그런데 니토리 니는 아유무 혼자 넘어졌다고 하고…… 내는 니를 거짓말하는 애로 키운 적이 없는데, 속상해서……."

"그게 무슨……."

말을 잇지 못하는 니토리를 보니 화가 치민다. 거리를 두고 싶었다는 건 변명일 뿐이잖아. 게다가 이미 니토리가 거짓말을 했다고 생각하면서.

"그렇게 함부로 단정 짓지 마세요."

배에 힘을 꽉 주고 맞서 듯이 내가 말했다.

"니토리가 아유무를 밀어서 넘어뜨렸다니, 그럴 리가 없잖아요."

이치카도 주먹을 쥔 채 또박또박 말했다.

그러자 아저씨가 성가시다는 듯 내뱉었다.

"남이 상관할 일이 아이다."

"남이라뇨? 전 니토리의 언니예요!"

"하나만 물어봐도 될까요?"

그때 시즈키가 모두의 앞을 막아섰다. 그러고는 아주머니와 아저씨를 향해 냉정하게 물었다.

"정말 아유무가 '니토리 누나가 밀쳐서 넘어졌다.'고 했나요? 아유무는 그때 두 살 정도여서 그렇게 똑똑히 상황을 설명할 수 없었을 텐데요?"

"와, 와 그런 말을 하노? 내는 거짓말한 거 없다! 그때 병원에서 아유무한테 '와 넘어졌노? 어쩌다 넘어졌노?' 하고 물었더니, 아유무가 분명히 '니토 누나, 톡, 했어.' 그렇게 말했다 아이가······!"

아주머니가 떨리는 목소리로 외친 그때 아유무가

눈을 떴다.

"으앙……!"

"자, 아유무. 착하지. 자장자장……."

잠에서 깬 아유무는 몸을 뒤척였다. 그 순간…….

데구루루.

아유무의 바지 주머니에서 작은 나무 열매가 빠져
나와 바닥에 떨어졌다.

"이건……."

오래 묵은 도토리 한 알. '숲속 놀이터'에서 주운 도
토리다.

"니토 누나…… 톡……토이…… 줄래……."

아유무가 칭얼거리더니 언제 그랬냐는 듯 다시 새
근새근 잠들었다.

"아유무가 '니토 누나, 톡, 했어.'라고 말했다고요?"

시즈키가 확인하듯 묻자, 나도 덧붙였다.

"혹시……! '니토 누나, 톡, 했어.'라는 말에서 '도토
리'를 잘못 들은 것 아니에요?"

"뭐……?"

아주머니의 얼굴이 딱딱하게 굳어간다.

"그래, 아유무가 '톡토이!' 하고 갑자기 뛰다가 넘어졌다고 했지. 그렇지, 니토리?"

이치카의 질문에 니토리가 고개를 끄덕였다. 그러자 시즈키가 바통을 넘겨받듯 말했다.

"'왜 넘어졌어? 어쩌다 넘어졌어?'라고 물었을 때, 아유무는 '니토 누나가 톡 밀어서 넘어졌어'가 아니라, '니토 누나한테 도토리를 주고 싶었는데 넘어졌어'…… 라고 대답하고 싶었는지도 몰라요."

"두 살은 아직 또박또박 말하지 못한다고 들었어요. 제대로 할 줄 아는 말도 조금밖에 없다고요. 병원에서 아유무가 한 말은 '니토 누나, 톡, 했어.'가 아니라 '니토 누나…… 톡.' 정도 아니었나요?"

이치카가 노려보자 아주머니의 눈빛이 흔들리기 시작했다. 그날의 기억을 필사적으로 떠올리려는 듯 잠자코 있더니…….

"설마…… 하지만……."

아주머니와 아저씨가 서로를 마주 보았다. 두 사람이 기억 속에서 들은 아유무의 말은 이치카 말대로인지도 모른다.

그때 니토리가 살짝 고개를 들었다. 어떤 말도 하지 않았지만, 슬픔이 가라앉은 눈동자가 간절히 외치는 것 같다.

'이제 알겠죠? 그러니까 미안하다고 말해 줄래요? 내는 아유무를 밀친 적 없으니까.'

하지만…… 아주머니와 아저씨의 입에서는 생각지도 못한 말이 튀어나왔다.

"내는…… 내는 니토리 니가 거짓말을 했다고 생각하니 무서워서 차마 물어볼 수 없었데이. 다들 니토리가 아유무를 질투해서 그랬을 기라고, 같은 짓을 또 할 기라고 몇 번이나 말하고."

"니토리 니도 알겠지만, 엄마 건강이 별로 좋지 않데이. 나이도 많은데 아이가 생겨서 고생스럽고, 어떻게 하면 좋을지 몰라 힘들었다 아이가."

"오, 오해한 건 미안하지만, 내도 괴로웠다. 니토리가 아유무를 다치게 하면 우짜나. 만에 하나 그런 일이 생기면 우짜믄 좋나 생각하니 잠도 못 자고, 갑자기 자신이 없어져 버렸데이."

"이, 이 아빠는 엄마가 슬퍼하는 모습을 보기 괴로

웠데이. 그래서 차라리 거리를 두는 편이 낫다고 생각한 기다. 니토리 니도 집에 있기 불편했제? 결국 니를 위해서도 좋은 거였구마. 친자매를 찾았으니 더 잘된 거 아이가?"

아무 말도 나오지 않았다. 이치카와 시즈키도 할 말을 잃었는지 가만히 눈만 깜빡였다. 화가 나서 숨이 막힌다. 이 사람들, 대체 무슨 소리를 하는 거야?

— 아빠는 재미있고, 듬직했지만…… 생각이 좀 극단적이었어.

— 엄마는 다정하고 섬세했지만……. 좀 어린아이 같은 면이 있었어. 그리고 걱정이 정말 많았지.

니토리가 말했던 두 사람의 단점이 합쳐져서 이렇게 된 거야. 하지만 이건 정말 너무하잖아. 모두가 니토리를 나쁘게 말해도, 아주머니와 아저씨는 니토리를 지켜 줘야 했다.

아무리 불안하고 괴로워도, 해서는 안 되는 일이 있잖아. "니토리 니도 집에 있기 불편했제?"라니! 니토리가 집에 있기 불편했던 건 아주머니와 아저씨가 니토리를 피했기 때문인데!

분해서 입술을 깨문 그때였다. 니토리가 숨을 크게 들이쉬더니 쩌렁쩌렁하게 외쳤다.

"변명하지 마!! 도망치지 마! 엄마 아빠가 내한테 한 짓은 절대, 절대 해서는 안 되는 짓이었어! 사정이 있어도, 오해가 있어도 서로를 계속, 늘, 언제나 믿어 주는 게 가족이잖아! 어른들 마음대로 아이를 따돌리고, 버린 일에는 그 어떤 말도 변명이 될 수 없어!"

"니토리, 니 말버릇이 그게 뭐꼬?"

아저씨가 니토리를 노려보자, 우리도 니토리 옆에 서서 아저씨를 노려보았다.

"으흐흐흑······."

"여보······."

그런데 갑자기 아주머니가 서럽게 울기 시작했다. 아저씨가 아유무를 받아 안았다. 이렇게 아기처럼 우는 어른은 처음이야.

"미안하데이······ 우리 같은 사람들은 잊고······."

"못 잊어."

니토리가 기다렸다는 듯이 대답했다. 잊지 않는 것과 잊지 못하는 건 다르다. 하지만 니토리의 말은 꼭 용서하지 않겠다는 말처럼 들린다.

"못 잊어. 절대로 못 잊어. 내는 절대로 못 잊을 거야. 절대로……."

니토리가 낮은 목소리로 같은 말을 몇 번이나 되풀이했다. 단호한 그 말에 아주머니는 꾸중을 들은 아이처럼 울고, 아저씨는 입을 꾹 다물었다.

나는 너무 슬퍼서 눈물이 핑 돌았다. 끝도 없이 캄캄한 곳으로 천천히 가라앉는 것 같아. 오해는 풀렸지만, 니토리와 양부모님은 화해할 수 없어. 어쩔 수 없

는 일이야. 소용없을지도 몰라. 아무리 애써도 서로를 절대 이해할 수 없을 때도 있는 거니까…….

모든 걸 완전히 포기하는 마음으로 니토리를 본 그때였다.

"휴……."

니토리가 길게 숨을 내쉬었다. 그러고는 한결 개운해진 얼굴로 내뱉었다.

"……하고 싶은 말을 했더니 후련해졌어. 이제 됐어. 용서할게요."

16 가짜 사랑과 진짜 사랑

　순간 멍해졌다. 내가…… 제대로 들은 건가? 지금 니토리가 용서하겠다고 말한 거야?

　조심스레 주위를 보니 이치카도, 시즈키도, 아저씨도, 울고 있던 아주머니까지도 놀란 표정으로 서 있다. 니토리는 양부모님을 용서하는 걸까? 정말?

　"자, 잠깐만 니토리, 정말 용서할 거야? 아니, 용서하는 거야 그것대로 좋지만, 왜 갑자기 그런……?"

　이치카가 묻자, 니토리는 기지개를 쭉 켜더니 팔짱을 끼고 고개를 갸웃했다.

　"음…… 용서해야겠다고 생각…… 했으니까?"

　응? 뭐지? 왜 용서하기로 했는지 니토리도 잘 모르는 것 같은데……?

　"그러니까 왜 그렇게 생각한 거야?"

"왜……? 왜 엄마 아빠를 용서해야겠다고 생각했냐고? 그거야…… 내가 마음이 넓고, 다정하고, 착한 아이라서 그런 거 아닐까?"

니토리가 씩 웃으며 자랑하듯 가슴을 펴 보였다. 하지만 이치카의 눈빛은 제대로 말하라는 듯 날카롭다. 그제야 니토리가 살짝 웃으며 덧붙였다.

"그러니까…… 왜 용서하기로 결심했냐면…… 엄마 아빠는 나를 '착한 아이', '다정한 아이', '용서할 줄 아는 아이'로 키웠으니까. 나는 그렇게 배웠으니까."

아주머니와 아저씨의 눈이 휘둥그레졌다. 침묵 속에서 니토리는 화도, 슬픔도 느껴지지 않는 목소리로 또박또박 말을 이었다.

"엄마 아빠에게 버림받았을 때는 사랑이 뭔지 알 수 없었어. 자꾸만 헷갈리는 거야. 운동회에서 큰 소리로 해 준 응원, 같이 별을 보러 갔던 그 길, 발표를 하면 아낌없이 칭찬해 주었던 공개수업……. 내한테 보여 주었던 모습과 내가 겪은 일들. 그런 것들은 모두 다 가짜 사랑이었을까? 계속 고민했어. 하지만 그건 가짜가 아니었을 거야. 나는 너무 기쁘고 행복했거든. 그 감정은 진짜잖아."

말에서도, 표정에서도 거짓은 느껴지지 않는다. 무리하고 있는 것도 아니야. 이게 니토리의 진짜 마음이구나. 괴로워하고, 화내고, 망설이고, 헤매다 찾은 니토리만의 대답…….

"처음에는 견디기 힘들었어. 하지만 이제는 괜찮아. 그냥 그런 사랑도 있구나, 하고 어렴풋이 알게 됐어. 그렇다고 '사라져 버린 사랑 따위는 의미 없다'거나 '사랑 같은 건 언젠가 다 사라지니까 아무 소용없다'고 생각하진 않아. 그러면 모든 게 의미 없는 일이 되어 버리잖아. 죽으면 다 사라지니까. 중요한 건 '지금'이야. '지금', '그때', '그 순간들'……."

덤덤하던 니토리가 고개를 들었다. 그러고는 아주머니와 아저씨를 똑바로 마주 보며 한 글자, 한 글자 힘주어 말했다.

"그러니까 절대 못 잊어. 엄마 아빠와 보낸 날들도, 내가 받았던 사랑도, 그 사랑의 끝도. 절대로 잊지 못할 거야. 그리고 다시 사랑할 거야. 또 사랑받고, 사랑할 거야. 용서할 수 없지만, 용서할 거야. 이제 내는 그렇게 할 수 있어. 그럴 수 있는 힘이 생겼으니까."

— 용서할 수 없지만, 용서할 거야.

모순되는 말이다. 그 말이 무슨 뜻인지, 니토리가 어떤 마음으로 그렇게 말했는지 나는 알 수 없을 거야.

하지만…… 니토리는 '사랑이 아니었던 것'과 '사랑'을 구분하기로 한 게 아닐까? '사랑이 아니었던 것'은 마음속에서 밀어내고, 받았던 '사랑'은 기억 속에 소중히 간직하면서…… 그렇게 지금을 살아가겠다고 결심했는지도 몰라.

"그럼 엄마 아빠, 건강하세요. 지금까지 정말 고마웠어요."

니토리는 또박또박 예의 바르게 말하고는 가장 가까운 문으로 빠르게 빠져나갔다. 우리 셋도 얌전히 니토리를 따라 밖으로 나갔다.

내가 문을 닫을 때까지도 아주머니와 아저씨는 굳은 얼굴로 말없이 그 자리에 얼어붙은듯 꼼짝없이 서 있었다.

우리가 나온 문은 안내 센터 뒤편에 있는 주차장으로 이어졌다. 사람이 그렇게나 많았던 놀이공원과 달리 이곳에는 아무도 없다. 울타리 너머에서 신나는 음악과 즐거운 웃음소리가 희미하게 들려왔다. 지금의 우리와는 전혀 어울리지 않는 풍경에 왠지 더 슬퍼졌다.

"……"

니토리는 혼자 어깨를 들썩이며 참고 있던 눈물을 쏟아 냈다. 굵은 눈물이 니토리의 눈에서 넘쳐흘렀다. 메마른 콘크리트 바닥에 뚝, 뚝…….

그래, 용서한다고 해도 힘든 게 당연해. 나도 더는 눈물을 참을 수 없었다. 이제야 니토리가 얼마나 슬픈 비밀을 혼자서 숨기고 있었는지 알겠어.

— 행복하겠지……. 좋아하는 사람을 계속 좋아할 수 있다면.

언젠가 하굣길에 니토리가 했던 말이 떠올랐다. 니토리는 양부모님을 계속 좋아하면서 함께 살고 싶었겠지. 어떤 마음으로 못 잊는다고 말했을까. 니토리에게 가장 큰 상처를 입힌 사람은 양부모님이지만, 어린 니토리를 가장 사랑해 준 사람도 양부모님이었는걸.

이치카가 등 뒤에서 니토리를 꼭 끌어안았다. 눈물에 젖은 볼이 반짝거린다.

"우리는 절대로 너를 버리지 않을 거야."

이치카의 말에 시즈키도 흐느끼며 니토리를 끌어안았다. 나도 울면서 모두와 함께 니토리를 꼭 껴안았다.

"너희들……."

니토리는 목이 메는지 더는 아무 말도 하지 않았다. 모두의 울음소리가 점점 커졌다. 우리는 니토리의 괴로운 마음을 씻어 내려는 것처럼 펑펑, 펑펑, 펑펑 울었다.

🏠 17 모두와 함께여서

실컷 운 우리는 화장실에서 얼굴을 씻은 다음, 다 같이 벤치에 앉아 차갑게 적신 손수건을 눈가에 얹었다.

시간이 얼마나 지났을까? 어느새 하늘이 맑게 개어 햇빛이 우리를 따스하게 비추었다.

띠링.

그때였다. 미나토가 휴대폰 메시지를 보냈다.

> 이제 슬슬 모이지 않을래?
> 중앙 광장에서 기다릴게.

"내 어때? 좀 가라앉았어?"

니토리가 가방에서 손거울을 꺼내 얼굴을 살폈다. 나는 모두의 얼굴을 보며 살짝 웃었다.

"응, 괜찮아. 니토리도, 우리도 운 얼굴로는 보이지 않는걸."

"다행이다."

생긋 웃는 니토리의 얼굴이 평소와 똑같아 보인다. 조금 전에 양부모님과 괴로운 이별을 했다는 생각은 들지 않을 정도로…….

하지만 나는 아무렇지 않게 웃는 니토리가 더 슬프게 느껴져서 가슴이 조금 아팠다.

"다들! 이제 갈까?"

분위기를 바꾸려는 듯 이치카가 벌떡 일어났다.

"그럴까?"

"응."

"네."

우리 셋이 동시에 일어났다. 이런저런 일들이 있어도 우리의 삶은 계속되겠지.

슬프면서도 힘이 나는 것 같은 이상한 기분이다. 나는 고개를 똑바로 들고 모두와 함께 앞으로 걸었다.

"미후, 여기야!"

"니토리!"

중앙 광장에 가까워지자, 손을 흔들고 있는 미나토와 안이 보였다. 두 사람 옆에 나오유키도 와 있다. 팀을 나누었지만 결국 뒤섞여 버렸네.

……응? 팀?

앗! 내가 신나게 팀에서 빠진 다음에 니토리도 나왔으니까…… 미나토와 안은 단둘이 있었던 거야?

— 둘만 있으면 데이트잖아!

니토리의 말이 떠오른다. 어쩔 수 없지……. 미나토와 안은 둘이서 어땠을까? 즐거웠을까? 즐거웠겠지…….

풀이 죽은 채 터덜터덜 둘에게 다가가는데…… 응? 미나토, 안, 나오유키. 세 사람 다…….

"그…… 저기……."

내가 머뭇대는 사이에 니토리가 불쑥 끼어들었다.

"다들 머리에 폭탄 맞은 것 같아! 어떻게 된 거야?"

그래. 미나토도, 안도, 나오유키도 머리카락이 마구 뻗쳐 있다. 어, 어떻게 된 거지? 눈을 동그랗게 뜬 우리에게 미나토와 안이 키득거리며 설명했다.

"중간에 나오랑 만나게 되어서 셋이 '스플래시 코스터'를 탔거든. 높은 곳에서 떨어지면 물보라가 팍 튀는 놀이기구 있잖아. 덕분에 쫄딱 젖었지 뭐야."

"그래서 머리를 말리려고 '스카이 화이트 드래곤'을 탔어. 한 번으로는 마르지 않을 것 같아서 세 번이나!"

"뭐……?"

정말 대단하다……. 그런데 뭐라고 말해야 할지 모르겠어……. 그때 니토리가 웃음을 터뜨렸다.

"롤러코스터를 드라이어로 썼구나! 다들 머리가 폭발한 것 같아! 하하하하!"

어, 어쩐지 미나토와 안 둘이서 무척 재미있게 논 것 같기는 한데…… 데이트까지는 아니었나? 중간에 나오유키도 함께했다고 하니까……. 다행이다.

"휴……."

"저기……. 정말 탔어요, '스카이 화이트 드래곤'?"

우아, 시즈키가 먼저 나오유키에게 말을 걸었어!

"아, 네. 하지만 한 번 탔더니 죽을 것 같아서……. 그다음에는 그냥 벤치에서 기다렸어요. 제 머리는……

거의 자연 건조예요."

나오유키의 대답에 시즈키가 아주 희미하게 웃어
보였다.

"그건 그렇고, 벌써 다섯 시야. 어떻게 할래? 이제
집에 갈까?"

이치카가 손목시계를 보며 물었다.

"그렇네, 벌써 시간이……. 그럼 마지막으로 뭐 하나
타지 않을래? 다 같이 탈 수 있는 걸로."

미나토의 말에 안이 주위를 둘러보다 한 곳을 가리
켰다.

"저건 어때?"

안이 가리킨 건 미니 모노레일. 레일을 따라 움직이
는 작은 자동차 같은 놀이기구인데 4인용으로, 놀이공
원 안을 한 바퀴 돌 수 있다.

"찬성!"

다들 고개를 끄덕였다. 그렇게 우리는 다 함께 모노
레일 승차장으로 향했다.

모두가 자리에 앉자, 모노레일이 천천히 움직이기 시작했다. 먼저 출발한 모노레일에는 미나토과 안과 나오유키가, 그 뒤를 따라가는 모노레일에는 우리 네 쌍둥이가 탔다.

내 옆자리에는 이치카. 맞은편에는 니토리. 대각선 맞은편에는 시즈키. 이렇게 두 사람씩 마주 보며 앉았다. 모노레일은 가로등과 비슷한 높이에 있는 선로를 따라 걷는 것과 비슷한 속도로 움직였다.

"안녕, 안!"

"안녕, 니토리!"

앞서간 모노레일과의 거리는 20미터 정도. 방금까지만 해도 안과 함께 서로 손을 흔들던 니토리는 이제 흥미를 잃었는지 한눈을 팔고 있다.

"앗."

니토리가 갑자기 조그맣게 외쳤다. 무슨 일이지? 니토리를 따라 고개를 돌린 나도 깜짝 놀랐다. 저기 걷고 있는 사람들, 니토리의 양부모님이다!

그런데 그때 아주머니에게 안겨 꾸벅꾸벅 졸던 아유무가 갑자기 반짝 눈을 떴다!

"잘 가, 아유무."

니토리가 중얼거리며 살짝 손을 흔들자, 아유무도 잠에 취해 멍한 눈으로 손을 흔들고는…… 다시 잠들어 버렸다.

"아유무가 커서도 오늘 일을 기억할까?"

니토리는 밝게 말했지만, 속마음은 알 수 없다. 잠자코 있던 나와 이치카 사이에서 시즈키가 불쑥 말했다.

"니토리 언니는 정말 강한 사람이에요."

"응?"

"왜냐하면 저는…… 저를 괴롭힌 아이들을 용서하겠다는 생각은 절대 할 수 없으니까요."

그러자 니토리가 다정하게 시즈키의 손을 잡았다.

"내는 용서하지 않는 게 나쁘다고 생각하지 않아. 내가 엄마 아빠를 용서할 수 있었던 건 이제야 그런 마음이 들어서거든. 그리고 내는 강한 사람도 아니야. 이건 다 너희 덕분이야. 모두와 함께여서 강해질 수 있었어! 고마워."

부끄러운 듯 살짝 웃는 니토리의 모습에 이치카도, 나도, 시즈키도 싱긋 웃었다. 나도 그래. 이치카와 시즈키도 그렇겠지. 가족과 함께라면 강해질 수 있어. 가족을 위해서라면 용기가 샘솟아.

"앞으로도 언제나, 영원히, 우리는 가족이야."

"""당연하지."""

석양빛이 눈부시게 반짝였다. 모두와 함께 강해져야지. 우리는 언제까지나 가족이니까.

안녕하세요. 히노 히마리입니다.
〈네쌍둥이 데이즈〉 4권을 읽어 주셔서 감사합니다!

4권의 무대는 놀이공원이었죠!

그래서 이야기를 쓰기 전 직접 가서 프리 폴, 롤러코스터, 관람차를 타 봤는데, 정말 재미있었어요. 특히 관람차가 생각보다 좁아서 이런 생각이 들었죠.

'오, 두근거리는 얘기가 나오겠는데!'

롤러코스터를 탔을 때는 이렇게 생각했고요.

'네쌍둥이 중 이 아이를 태우면 좀 불쌍하겠지만, 재미는 있겠어.'

참, 앞선 이야기를 읽은 독자들에게 이런 질문이 들어왔어요.

Q. 콰트로폴리아를 경영하는 요쓰바시 가족이 너무 많아서 서로 어떤 사이인지 잘 모르겠어요. 가르쳐 주세요!

2권에서 네쌍둥이의 엄마라고 주장하던 우라라가 이렇게 말했죠?

"나랑 남편은 친척이야. 콰트로폴리아 회장 요쓰바시 다케히코와 부회장 요쓰바시 기쿠조는 배다른 형제 사이거든. 남편은 다케히코 회장의 아들, 나는 기쿠조 부회장의 딸."

음, 이해하기 어려웠겠네요……. 미안해요. 그래서 가족 관계도를 그려 봤어요. 네쌍둥이의 할머니 할아버지인 다케히코, 우메, 란코, 쇼타로는 다음 이야기에 등장할 수도……?

요쓰바시 가족이 누구인지, 어떤 사이인지 궁금하다면 다음 페이지에서 확인해 주세요.

요쓰바시 가족 관계도

배다른 형제
아버지는 같지만
어머니가 다른 형제

다케히코

(콰트로폴리아)
회장

우메

기쿠조

(콰트로폴리아)
부회장

란코

쇼타로

(콰트로폴리아)
사장

부부
친척 사이

우라라

사쿠라 오리코 선생님, 이번에도 가슴 두근거리는 멋진 그림 그려 주셔서 고맙습니다!

담당 편집자 S님, 이번에도 많은 도움을 주셔서 고맙습니다.

그리고 이 이야기를 읽어 주는 독자 여러분도 정말 고마워요. 저는 여러분이 정말 좋아요.

다음 이야기에는 오랜만에 '그 사람'이 뜻밖의 장소에 등장합니다. 그리고 밝혀지는 충격적인 사실……! 부디 기대해 주세요!

 쌍둥이 데이즈

④ 숨겨진 동생을 찾아라!

글 히노 히마리
그림 사쿠라 오리코
옮김 정인영

초판 1쇄 인쇄 2024년 11월 29일
초판 1쇄 발행 2024년 12월 11일

펴낸이 김영곤
책임 편집 오지애 **디자인** 윤수경
프로젝트2팀 김은영 권정화 김지수 이은영 우경진 오지애
아동마케팅 장철용 황혜선 양슬기 명인수 이규림 손용우 최윤아 송혜수 이주은
영업 변유경 김영남 강경남 황성진 김도연 권채영 전연우 최유성
해외기획 최연순 소은선 홍희정 **제작** 이영민 권경민

펴낸곳 (주)북이십일 을파소
출판등록 2000년 5월 6일 제406-2003-061호
주소 (10881) 경기도 파주시 회동길 201
대표전화 031-955-2100 **팩스** 031-955-2177
홈페이지 www.book21.com

ISBN 979-11-7117-893-3 74830
ISBN 979-11-7117-639-7 (세트)

• 모델명: 네쌍둥이 데이즈 4
• 제조사명: ㈜북이십일
• 주소 및 전화번호: 경기도 파주시 회동길 201(문발동) / 031-955-2100
• 제조연월: 2024.12.11.
• 제조국명: 대한민국
• 사용연령: 5세 이상 어린이 제품